L'UOMO ALFIERI

PIERO GOBETTI

Tra leali e fedeli servitori del Re, tra laici moderati e giuristi dello Stato costituzionale, Vittorio Alfieri è il primo uomo nuovo, anche quando il suo tono e il suo stile si compiacciono di arcaismi, ora romanamente eroici, ora aristocraticamente anarchici.

La passione dominante di Vittorio Alfieri è risolutamente moderna; dall'angusto illuminismo del Settecento la sua volontà tende a un'affermazione romantica e individualista. È figlio caratteristico del suo tempo per la sua inquietudine avventurosa e per la disperata necessità di polemica contro le autorità costituite, i dogmi fatti, le tirannie religiose e politiche.

Ci ha lasciato il piú generoso esempio di resistenza intellettuale attiva contro le oppressioni politiche, resistenza dell'individuo solo che non è vinto già per il fatto di sentirsi spiritualmente piú alto del tiranno. Tre generazioni si educarono in Italia sulla sua opera; e ancora per noi rappresenta la morale intransigente dell'uomo libero in tempo di schiavitú.

La ribellione contro i contemporanei si esprime nell'ostinato disprezzo in cui egli tiene la cultura ufficiale e i modelli piú divulgati di stile e di pensiero.

Anche i critici piú eruditi sono attoniti di stupore per l'ignoranza dell'Alfieri. Essi non possono vedere che si tratta di un'ignoranza ricca di una scienza nuova e concludono indagini con terribili atti di accusa contro il loro autore. Alfieri sarebbe un superficiale, un egoista insopportabile che avrebbe per le idee l'interesse che porta alle avventure di viaggio e d'amore. Appena riconoscono un poco l'artista e il patriota.

La genuina atmosfera storica di Alfieri non è nel rigido ambiente tradizionale italiano, ma nel fervore spirituale europeo che con la libera critica prepara il culto dell'individualismo e le lotte per la libertà. Il violento rilievo della personalità alfieriana fa pensare piuttosto alle tragiche figure della rivoluzione che alla pacifica calma dell'illusionismo riformatore. I suoi accenti libertari ricordano Stirner e Nietzsche.

Alfieri non fu piú filosofo che poeta come scrisse Leopardi, ma fu filosofo e non mero letterato anche quando lo hanno tenuto lontano dal rigore metafisico, perché la sua vita e le sue battaglie presentano una inesorabile e continua coerenza, fondata su una esclusiva passione per la libertà che rimane il concetto centrale della sua polemica contro la tirannide e contro il cattolicismo, e la base positiva della sua morale eroica.

Anticattolico l'Alfieri fu per istinto. Comune con i pensatori del Settecento la repugnanza verso il dogmatismo e il formalismo della religione dominante. Il papa è complice del tiranno: l'Inquisizione, il Purgatorio, la Confessione, il Celibato, sono gli espedienti con cui si impedisce il libera pensiero. Il dominio temporale contrasta con la dignità dei popoli. I popoli soltanto per ignoranza e per timore possono credere esservi un uomo «che rappresenti immediatamente Dio; un uomo che non possa errare mai; ora l'ignoranza è l'antitesi della libertà, e il timore, non potendo essere inspirato dalle scomuniche, attesta chiaramente che dove è il pensiero del pontefice, là è il tiranno; dove vi è il dogmatismo religioso, là vi sono spade a sostenerlo». «L'autorità illimitata sopra le piú importanti cose e velata dal sacro ammanto della religione importa molte e notabili conseguenze: tali insomma che ogni popolo che crede e ammette una tale autorità si rende schiavo per sempre». Un popolo sano e libero che accetti la credenza della infallibile e illimitata autorità del papa «è già interamente disposto a credere in un tiranno, che, con maggiori forze effettive e avvalorate dal suffragio e scomuniche di quel papa stesso, lo persuaderà e sforzerà ad obbedire a lui solo nelle cose politiche come già obbedisce al solo papa nelle religiose». «Non vi può dunque essere ad un tempo stesso un popolo cattolico veramente e un popolo libero».

L'anticattolicismo dell'Alfieri ha le stesse aspirazioni laiche di tutta la critica del Settecento. Invece sono assolutamente nuovi i motivi politici positivi che egli accenna.

«La libertà è la sola e vera esistenza di un popolo; poiché di tutte le cose grandi operate dagli uomini la ritroviamo essere fonte». Qui gli istinti ribelli di Alfieri rivelano una chiarezza critica e religiosa; e la polemica contro il cattolicismo invece di risolversi nello scetticismo dei giacobini miscredenti invoca una religiosità piú spirituale, una morale eroica che guidi la vita e l'azione degli uomini e dei popoli.

Il credo alfieriano insomma, si rivolge a una religione e a un Dio «che sotto gravissime pene presenti e future comandino agli uomini di essere liberi».

La sua politica è un ideale di liberazione e un imperativo di lotta: chi gli chiederà di esporre un piano di Stato futuro e di decidersi tra le diverse forme costituzionali mostrerà di non aver inteso la sua posizione storica.

La sua volontà di combattere non può anticipare i risultati. Esige dal popolo – non piú plebe – spirito di sacrificio, che sia prova di attitudini rivoluzionarie. L'Italia non sarà libera senza i «bollenti animi che, spinti da impulso naturale, cercano gloria nelle altissime imprese», senza la «giusta e nobile ira dei drittamente inferociti e illuminati popoli».

Ecco la morale della rivoluzione. «Giunge avventuratamente pure quel giorno in cui un popolo oppresso e avvilito, fattosi libero, felice e potente, benedice poi quelle stragi, quelle violenze e quel sangue per cui da molte obbrobriose generazioni di servi e corrotti individui se n'è venuta a procrear finalmente una illustra ed egregia di liberi e virtuosi uomini». Lotta di libertà contro tirannide: lotta religiosa. Qui l'etica è alla base della politica. Non si è uomini se non si è liberi. Non si tratta di conquistare la libertà per mezzo delle riforme o attraverso l'utilitarismo dei moderati e dei filantropi; la libertà di politica di Alfieri nasce dalla libertà interiore, intesa come forte sentire.

Quest'idea è il programma politico di Alfieri, annuncio di una rivoluzione che ancora si attende nella storia italiana, ed è anche la sua metafisica, il suo assoluto, il suo Dio.

Ma è una posizione senza eredi.

ALFIERI E LA CRITICA

Per capire l'Alfieri e valutare i critici dell'opera sua con animo deliberato a far nostri i loro risultati e a superarli bisogna risalire al De Sanctis. Invero la critica desanctisiana sull'Alfieri è stata fraintesa e negletta e se ne può cogliere il giusto valore solo dando un organismo sistematico alle frammentarie espressioni in cui s'è manifestata.

Dei tre scritti che il De Sanctis dedicò all'Alfieri il primo afferra e spiega il concetto dell'unità di passione in cui arte tragica e temperamento individuale coincidono con una coerenza che è perfetta nel Saul e in alcuni motivi di vita pratica dell'autore; il secondo segna un vigoroso approfondimento della formula estetica iniziale che imperiosamente si amplia a diventare canone di interpretazione storica e morale, sí che, venuti a coincidere il mondo del critico e il mondo del poeta, il momento dell'esegesi è fatto d'un subito centro intenso di polemica vitale e Alfieri e De Sanctis combattono insieme, difensori dell'immanentismo moderno contro il dogmatico «Proudhon della reazione», dell'onestà letteraria contro la superficialità, l'esprit, l'insolenza sterile di Giulio Janin; il terzo pone con forte sintesi storica la figura di Vittorio Alfieri nel fervore di rinnovamento civile e morale dell'Italia settecentesca. In questo terzo momento di completa maturità riflessiva sono inverati i due primi (l'uno troppo esclusivamente letterario, l'altro ancora vibrante di motivi nobilmente pratici che sarebbe difficile ridurre sotto una rigorosa determinazione concettuale): e la nuova spiegazione desanctisiana del problema Alfieri appare piú ricca e piú capace di sviluppo.

Scrivendo di Alfieri durante il Risorgimento il De Sanctis doveva rimanere necessariamente compreso entro quei limiti che costituivano pure in sostanza la sua originalità: come per il Foscolo anche per l'Astigiano egli era portato a trascurare il puro problema estetico per dedicarsi tutto alla interpretazione e all'esaltazione del pensiero patriottico e morale. Ma è un errore esegetico che dà piú completo sfolgorío di luce e di chiarezza che venti citazioni precise.

Mentre da un lato l'affermata identità di stile aspro e di ardente solitaria passione diventa la formula intorno a cui dovrà lavorare la critica estetica contemporanea; dall'altro il concetto di un pensiero alfieriano (che è insieme azione) patriottico e morale apre la via ad indagare e chiarire i motivi romantici dell'individualismo alfieriano che danno la misura della sua coscienza filosofica e politica: due compiti precisi che l'esegesi positivistica dimenticò in vane ricerche antropologiche, o in limitate documentazioni erudite.

Solo il Croce in una serie di brevi scritti ha svolto con qualche novità il concetto desanctisiano dell'unità dello spirito e della passione di Vittorio Alfieri, riuscendo a mostrare come il suo ardore pratico oratorio abbia, rispetto ai risultati estetici, considerevoli limiti in se medesimo, e tuttavia l'eloquenza lasci spesso libera via alla concretezza poetica. Per chiarire la psicologia dell'Alfieri poi il Croce è ricorso all'efficace definizione di protoromantico che determina secondo un valore nuovo il concetto di superuomo vivo come aspirazione nella Vita, reale di artistica realtà nelle dominatrici figure delle piú riuscite tragedie. Seguendo queste premesse, ottimi criteri ha suggerito il Croce per l'intelligenza estetica dei «vigorosi sonetti», del Misogallo e delle Satire a cui singolarmente lo avvicina il suo gusto squisito per il piccolo frammento perfetto, mentre l'esame delle tragedie è turbato dall'introduzione di un giudizio («troppo analizzato e calcolato») ingiustificatissimo per la Mirra e non coerente (o almeno non chiaro) col ritratto disegnato prima dello scrittore. Gli spunti crociani di critica estetica attendono dunque di essere integrati.

Piú inascoltata è rimasta la prima esigenza. È progredito il lavoro preparatorio; e, attraverso le ricerche di erudizione, sono migliorate, per dir cosí, le condizioni psicologiche e materiali in cui si trova il critico dell'Alfieri. I lavori del Masi, del Mestica, dello Scandura sulla politica alfieriana si sono fermati a considerazioni esteriori e frammentarie. Contributi notevolissimi, essenziali, hanno recato il Bertana all'indagine biografica, il Masi allo studio storico dei tempi, il Farinelli e il Porena, per vie indipendenti e diverse da quelle percorse dal Croce, all'esame estetico, il Mazzatinti alla raccolta dell'epistolario e alla bibliografia, rifatta poi dal Bustico, ma lo spirito di Vittorio Alfieri pensatore e poeta è sfuggito a questi sottili indagatori.

La ragione di tale infecondità critica è nel metodo: non si può intendere uno scrittore restando nei limiti della filologia; l'unità dell'individuo si ritrova solo filosoficamente attraverso l'unità della storia. La visione del De Sanctis è ancora la piú matura perché si concreta dentro una storia dello spirito italiano. Ma la cultura positivista, che dimenticò addirittura il Vico e si ridusse negli ultimi anni agli studi antropologici sul genio invece di rivivere le opere dei grandi spiriti, volle vedere nel Settecento italiano soltanto l'effetto di due lavori negativi: i giochi poetici dell'Arcadia e l'importazione e imitazione delle idee francesi. Già il Boncompagni aveva superato questo gretto pregiudizio antistorico quando studiava nell'Alfieri e nel Botta gli antesignani del liberalismo piemontese; i nostri critici invece, preoccupati di lasciare da parte le idee per rincorrere i fatti, ignorando il pensiero del Settecento, si ritrovavano poi di fronte il fenomeno del Risorgimento senza poterne intendere le ragioni profonde: e coerentemente con questa impotenza la storia dell'Ottocento era vista nel suo mero aspetto esteriore (dati biografici, battaglie, atti della diplomazia) o, al piú, come tradizione eroica senza che i dati e i documenti venissero a prendere valore in un organismo di pensiero e di coscienza, senza che l'eroico venisse inteso come concreta azione di uno spirito per un concreto ideale.

Insomma non si intende l'Alfieri se non si determina il rapporto che lo lega alla tradizione MachiavelliVicoGioberti. Il positivismo ignora questa tradizione.

La necessità di determinare tale rapporto apparirà piú chiara quando il nostro studio sarà compiuto: poiché è appunto uno degli intenti nuovi del presente lavoro. Che l'Alfieri professasse, con piú ardente calore libertario, la stessa concezione attivistica della storia che si trova in Machiavelli è risaputo; né alcuno ha messo mai in dubbio l'importanza dei legami di cui il Gioberti coscientemente volle avvincersi all'opera e alla profezia alfieriana. Dubbio può sembrare invece il discorrere di un Alfieri legato idealmente al Vico. Pare assodato che l'Alfieri non abbia letto mai il filosofo napoletano, e del resto tra il pensiero storicistico e le preoccupazioni metafisiche del Vico e l'esasperato individualismo e antintellettualismo alfieriano ognuno sarebbe tratto a vedere piuttosto antitesi ed esclusione che coincidenza e vicinanza. A queste obbiezioni si risponde che il nostro discorso mira a cogliere le fasi ideali della formazione dello spirito italiano e le tappe che si segnano acquistano perciò il valore di simbolo e significato trascendentale di natura diversa dall'esegesi della personalità empirica.

Le recenti ricerche storiche e filosofiche hanno singolarmente aiutato e preparato un'indagine integrale che spieghi la figura dell'Alfieri nella storia dello spirito italiano.

Una mente sintetica che si riproponesse oggi il compito dell'Oriani potrebbe dare tutta una nuova visione dell'originalità italiana nel Settecento.

E poiché la coscienza nazionale nasce operosamente in Piemonte bisogna pure interpretare la funzione filosofica del Piemonte, sinora dimenticata, nella creazione della nuova realtà ideale italiana; bisogna vedere come il vecchio Piemonte burocratico e militare abbia inteso le esigenze culturali che l'imminente rivoluzione gli metteva innanzi. Volendo anticipare alcuni risultati, osserveremo che nello sforzo di soddisfare queste esigenze il pensiero piemontese, pur rimanendo singolarmente aderente alla realtà empirica e alieno da astrattezze metafisiche, diventa pensiero italiano e la critica al dogmatismo elaborata nel Settecento si realizza positivamente nella dottrina dell'immanenza e della libertà.

II

MACHIAVELLI E IL CARATTERE DELLA FILOSOFIA ALFIERIANA

Giuseppe Baretti fu il restauratore del culto di Machiavelli in Piemonte. Prescindendo da giudizi e spunti letterari, qualcosa di veramente machiavellico v'è nello Scritto mandato dal Baretti da Londra a S. A. R. il Duca di Savoia circa a varie operazioni da farsi nel principio del suo futuro regno. Consigli di cinquecentesca abilità ringiovaniti dalla fresca esperienza della vita e della cultura inglese. Il nostro scrittore è guidato da due preoccupazioni: la necessità di rafforzare lo Stato all'interno attraverso una libera politica di riforme popolari e di provvedimenti che limitino a poco a poco la soverchia potenza ecclesiastica; e il progetto di un'abilissima politica estera tendente all'occupazione della Repubblica di Genova. Insistendo sulla prima esigenza come condizione per affrontare la seconda, il Baretti affermava implicitamente un sistema politico fondato sul concetto di Stato forte come unità di cittadini e di Principe: Machiavelli ripensato attraverso i primi spunti imprecisi di una teoria democratica già corrosa dal riformismo.

Germi rimasti inapprofonditi – come estranea, ignorata e infeconda restava in Piemonte tutta la sostanza del pensiero del Baretti.

Tornava dunque Machiavelli, sebbene imperfetto e tutto limitato dalle esigenze empiriche. Ma un Machiavelli piú vero e piú vigoroso recava in sé Vittorio Alfieri, il quale non si accontentò di letteratura né di tecnicismo di Governo, ma volle ripensarne l'intima coerenza spirituale. Con questa osservazione non si intende aderire al pregiudizio comune di cui si fa eco il Cian quando dice che il pensiero dell'Alfieri «fu essenzialmente politico».

Invero se la natura del pensiero alfieriano fosse esclusivamente politica non si saprebbe che cosa obbiettare alle vivaci conclusioni del Bertana il quale, accettata la premessa, dimostra con pieno rigore l'inconsistenza del pensiero alfieriano, rilevandone l'astrattezza e l'incapacità realistica. (Che valore può avere un pensiero politico non realistico?) Per la stessa via, ma con maggiore genialità, il Salvemini dimostrò una tesi analoga a proposito del Mazzini. È il processo della scienza all'utopia.

Tuttavia la soluzione non soddisfa; la gloria dell'Alfieri e del Mazzini non è spenta: resta che ci si chieda se il problema non sia stato posto male, se per avventura la loro originalità non consista affatto nel loro concretismo.

Di Vittorio Alfieri già il Leopardi scrisse che «fu piú filosofo che poeta».

L'ammirazione del Baretti per il Machiavelli ha presente il modello del Principe, quella dell'Alfieri non ignora, anzi penetra, confusamente, l'essenza dei Discorsi.

Senza possedere la forte visione sintetica della storia che fu tra noi inaugurata dal Machiavelli, l'Alfieri cerca dunque, come lui, una teorica, non un'arte dei Governi. In questo caso, accettando l'osservazione del Leopardi, diciamo che egli non presenta disegni di riformatore, ma speculazioni di filosofo.

Ha ragione il Bertana quando afferma che il pensiero dell'Alfieri manca di base scientifica, che egli «ebbe sopratutto mente ribelle ad ogni studio sistematico», che «la metafisica gli ripugna». Ma l'esame astratto e intellettualistico a cui egli si ferma non pare il piú atto a rappresentare il chiaroscuro di pensiero in cui si espresse l'originalità dell'Alfieri. In un secolo nel quale la vitalità dello spirito veniva ridotta a morto schema astratto nell'intellettualismo postcartesiano e nelle varie costruzioni giusnaturalistiche del dogmatismo wolfiano, in un secolo in cui dicendo sistema si diceva sostanzialmente astrazione e generalizzazione di dati empirici, opporsi al sistema per affermare la pienezza della vita individua, irriducibile alle vecchie formule, era opera preziosa di rinnovamento speculativo. Il pensiero di Rousseau mosse gli spiriti e stimolò gli impulsi individuali piú fecondamente che la scientifica precisione ideale dei sensisti. Al mito Rousseau corrisponde in Italia il mito Alfieri.

In Inghilterra una lunga tradizione e una vigorosa esperienza presente di libertà politica erano terreno naturale e propizio per le mirabili speculazioni di G. Locke. In Italia solo la forte individualità dell'Astigiano poteva riuscire a mantenere vivo il nascente pensiero del liberalismo immanentistico contro l'implacabile dominio della trascendenza cattolica organizzata in ferrea esperienza conclusiva. Restando entro i limiti esterni del cattolicismo non era possibile andare piú innanzi del Vico, né sottrarsi alla sua solitudine; e d'altra parte costruendo un sistema di pensiero si doveva accettare fatalmente l'influenza costrittiva di un organismo ideale millenario. In queste condizioni l'indeterminatezza era veramente precisa e concreta: la ribellione alfieriana, che ha qualche cosa di immediato e di anarchico, seppe creare un mito libertario da cui il cattolicismo uscí rinnovato e capace di superare se stesso.

Non filosofo piú che poeta (ché anzi la sua filosofia ha forza ed efficacia storica nella virtú del poeta) ma filosofo veramente e non soltanto poeta di idee come vorrebbe intenderlo il Bertana. Egli ha un concetto della libertà rigorosamente metafisico, estraneo ai limiti dell'utilitarismo che gli enciclopedisti non riescono a superare. Né può obbiettarsi che altro è affermare, altro avere coscienza filosofica di ciò che si afferma: poiché, se per coscienza filosofica si intende conquistare un concetto unitario del mondo, capace di inverarsi e chiarirsi a contatto con i nuovi elementi di nuove esperienze, un organismo vitale e fecondo insomma che diventi, per la sua validità, canone di interpretazione e forma mentis – non si può negare che proprio il concetto alfieriano di libertà realizzi questa funzione: esso si pone come la vera realtà trascendentale della storia, il principio metafisico che genera il mondo dell'empiria e della pratica e vi s'inserisce come criterio di ogni valutazione particolare.

III

LA GNOSEOLOGIA

La metafisica della libertà si fonda, nell'Alfieri, su alcuni espliciti presupposti gnoseologici, coscienti e originali, non mai organizzati in una vera e propria logica e tuttavia rimasti a ispirare ogni sviluppo ideale, come costanti convinzioni. Per questa gnoseologia, immanente e professata, l'Alfieri partecipa in modo originale, nel gran quadro della storia della cultura europea nel Settecento, alla creazione delle correnti di pensiero romantiche.

La logica intellettualistica è tutta negata e superata nelle affermazioni concettuali che qui riassumiamo ed enunciamo e che poi cercheremo di intendere e valutare nel momento storico che rappresentano, e nell'unità dello spirito da cui sorgono.

1. Limiti del sapere umano: negazione della metafisica dell'essere e delle religioni rivelate. –2. Spontaneità e necessità dell'attività spirituale: lo spirito come conoscere. – 3. Unità dello spirito come unità di giudicare e di sentire. – 4. Carattere creativo del sapere scientifico: limiti dell'astratta attività intellettuale. – 5. Valore pragmatistico del conoscere: necessità dell'azione.

1. – L'anima e la divinità sono per l'Alfieri cose che l'uomo non intende e intorno a cui si è lasciata fare un'opinione da altri (Della Tirannide, libro I, cap. VIII). Per altri devesi intendere i tiranni i quali dalla superstizione e totale ignoranza dei popoli traggon partito per ingannarli e impaurirli ottenendo cieca obbedienza. La religione come strumento di tirannide è invero un concetto tradizionale dell'anticlericalismo. Pare tuttavia che l'Alfieri ne intenda con profondità il fondamento psicologico e filosofico perché lo attribuisce non alla forza e alla violenza dei tiranni, ma alla loro astuzia nel conoscere il cuore degli uomini. L'asserzione nel suo valore sillogistico riconduce dunque alla premessa necessaria, qui lasciata sottintesa, che nel cuore degli uomini la religione viva di una certa realtà, corrisponda ad un'esigenza, anche se la soddisfi in modo illusorio. Il concetto è affermato altrove in modo ben piú singolare: Donde un error si svelle, altro sen pianti. («L'antireligioneria», Satira VIII).

E qui la frase scultoria mirabilmente riproduce il pensiero alfieriano nella sua doppia sfumatura. La religione come sistema, come rivelazione metafisica è un errore, ma il mondo se ne vale e non può farne a meno. False sono le religioni, falsi i dogmi, vera la religione, vero lo spirito religioso. All'esperienza etica, all'esperienza umana, si deve ridurre il criterio di valutazione e di giustificazione: per la logica e per la metafisica la conclusione è, anche nel «Misogallo»: Indagar non dessi – D'Iddio mai nulla.

Questa duplicità di atteggiamenti caratterizza limpidamente un Alfieri anticattolico e antivolteriano. La misura e il significato che ha preso per noi il suo antidogmatismo ci consentono di interpretarlo come posizione di critica contro il vecchio mondo medioevale. D'altra parte avremo agio di comprendere meglio le esigenze religiose nettamente moderne sentite dall'Alfieri se le riporteremo al valore etico che egli attribuisce, come abbiamo visto, al fatto della religiosità.

2. – La negazione stessa della metafisica rivelata reca già implicita in sé l'esigenza d'un'altra forma del conoscere a cui l'Alfieri possa credere deliberatamente. Sarebbe ingenuo, tuttavia, attenderci a questo punto da lui un'affermazione panlogistica che non troverebbe terreno spirituale adatto a un adeguato svolgimento.

La sua forte individualità reagisce anzi violentemente alle costrizioni del formulismo razionalistico e cerca di tradurre in valori spirituali le aspirazioni del sentimento. Tornerebbe per questa via il pericolo della metafisica, della metafisica del cuore, della credenza, schiettamente mistica e ineffabile. Ma il ritorno non ha minore importanza del punto di partenza perché ci fa vedere l'Alfieri sollecitato dai motivi speculativi piú elevati del suo tempo, incerto tra una posizione di critica che reca qualcosa di piú profondo che non sia negli enciclopedisti, qualcosa, diciamo la parola, di kantiano; e una posizione di pragmatista che riecheggia, originalmente, Rousseau e Jacobi.

Da questi dissidi non risolti nascono le contraddizioni notate dai critici: eppure in questa perennità di contrasto (tra l'esigenza anarchica e l'esigenza sociale; tra sentimento e ragione) risiede il segreto della sua grandezza libera dalle esclusivistiche intemperanze di due momenti antitetici, le quali documentano una malattia del secolo mentre egli supera la crisi e oscuramente intravvede le soluzioni dell'avvenire.

Questi concetti saranno piú chiari quando avremo spiegato in qual senso si discorra qui di un pragmatismo alfieriano.

Facendo sua una lucida visione del Machiavelli, l'Alfieri riconosce nel tiranno un uomo superiore, capace di conquistare il dominio solo in quanto abbia inizialmente maggior capacità intellettiva, ossia sappia penetrare e conoscere le inclinazioni degli uomini (Della Tirannide, libro I, cap. VIII).

Altrove si dà del tiranno altro giudizio: ma la contraddizione è solo apparente. Poiché accanto all'odio sacro l'Alfieri non riesce a soffocare una certa sfumatura di simpatia quando vede il tiranno nel suo sforzo di affermarsi, nel momento in cui crea la propria superiorità. Si spegne questa ammirazione dove la tirannide affermata diventa un'abitudine che la sola violenza basta a mantenere: a siffatto tiranno l'Alfieri oppone lo scrittore, vindice di libertà, in pagine che paiono addirittura contrastare con il suo costante amore per la pratica (Il Principe e le Lettere, libro II, cap. VII), ma di questa incertezza già s'è data una ragione a priori.

La necessità di scrivere per uno sfogo dell'anima «può spingere l'uomo ad essere quasi che un Dio» (Il Principe e le Lettere, libro II, cap. I) ossia scrivere per l'Alfieri è lo stesso che pensare, e pensare è agire. Ne La virtú sconosciuta tale conclusione rimarrebbe dubbiosa. Nella Tirannide è limpida e sicura. Ripugna all'Alfieri, artista, ogni concezione estetizzante dello spirito: sentimento e ragione, pratica e teoria sono le forme dell'umana attività, ma tanto unite e coerenti che insieme prosperano in regime di libertà e insieme si corrompono sotto la protezione del Principe. Poiché nel Principato si può raggiungere l'eleganza del dire, ma non la sublimità e forza del pensare (Il Principe e le Lettere, libro I, cap. III).

3. – Anche all'affermazione alfieriana dell'unità dello spirito non bisogna attribuire un valore tecnico: il problema dell'unità e dei distinti non s'è posto ancora nei termini teoretici e col significato preciso che oggi vi annettiamo: enciclopedisti e cattolici muovono spontaneamente, senza discussione, dall'unità indistinta e immediata del senso o di Dio.

Si tratta di una intuizione che scaturisce direttamente dalla forte individualità dell'Alfieri e da cui egli si sforza di dedurre tutte le conseguenze etiche. L'unità di sentimento e di pensiero, ristabilendo come criterio di valutazione morale la categoria della coerenza, costituisce il presupposto teorico dell'agire secondo una concezione di intolleranza. All'esame intellettualistico che considera lo spirito secondo artificiali divisioni e rigidi casellari sottentra il concetto del giudicare come atto morale il concetto dell'errore come immoralità.

È vero che l'Alfieri non ha dedotto dalla sua scoperta chiare conclusioni, ma vi sono impliciti tuttavia i presupposti per una nuova etica costruita intorno al concetto di azione come esperienza interna invece che intorno agli schemi di una precettistica tradizionale.

«Il giudicare e il sentire, sono uno: né senza affetto alcun giudizio sussiste, poiché ogni cosa qualunque, o vista o sentita, deve cagionare nell'uomo, o piacere, o dolore, o meraviglia, o sdegno, o invidia, od altro; tal che su la ricevuta impressione si venga ad appoggiare il giudizio; e sarà retto il giudizio degli appassionati pel retto, iniquo al contrario quel dei malnati». (Misogallo, Prosa seconda).

Proposizioni ambigue, che implicano problemi filosofici non adeguatamente risolti: ma attraverso molte incertezze si esprime chiaramente la negazione cosí del sensismo come dell'arido e freddo dogmatismo cattolico. È una passione nuova che postula e intravvede una nuova filosofia. Né è senza importanza che poco prima del passo citato l'Alfieri abbia un accenno ricco di efficacia contro i Filosofi, o meglio «quegli impassibili egoisti, che oggidí questo sacro nome si usurpano». Nella negazione c'è un deciso intento filosofico. Nell'entusiasmo poetico s'è introdotto un principio di coscienza riflessa.

4. – Sulla questione del sapere scientifico sono importanti i capitoli III e IV del libro III del Principe che il Bertana trascura e fraintende quando accusa l'Alfieri di non aver capita l'importanza delle scienze e di aver negato ad esse ogni efficacia sul pensiero morale e sui destini dell'uomo. I suoi entusiasmi per il divino e grande Newton, la venerazione per Euclide e Archimede, l'ammirazione per Galileo e Cartesio «dalla civile e religiosa potenza perseguitati e impediti piú assai che protetti» testimoniano decisamente il contrario (Il Principe e le Lettere, libro III, cap. III). Sublime chiama altrove la geometria, d'ogni altra scienza base e radice (id., libro II, cap. IV). E tanto lo turba il pensiero dell'immensità delle conoscenze scientifiche (dell'astronomia sopratutto) che gli nasce in cuore un commosso accento di scettica ironia verso le cose terrene, non diverso da quello che ritroveremo in Leopardi: «Cose tutte invero grandiose, e per cui i Romani, credutisi signori del mondo, assai piccioli si troverebbero se potessero ora convincersi co' loro occhi qual menoma parte di questo globo occuparono, e qual minima dell'universo è dimostrato essere questo globo stesso dalla investigazione rettificata della universale armonia dei corpi celesti. Gran pascolo alla insaziabile umana curiosità; la quale pure, per quanto ai fonti della verità si disseti, vede e tocca ogni giorno con mano, che quanto piú si sa, piú ne rimane a sapersi» (Il Principe e le Lettere, libro III, cap. IV).

Accanto a questo poetico entusiasmo troviamo una notevole definizione alfieriana delle scienze che attesta in lui lo sforzo di determinar razionalmente il suo interesse: «Gli arcani e le leggi della natura dei corpi investigate e spiegate per quanto il possa l'intelletto umano». Invece non si parla piú di intelletto quando si definiscono le lettere: «Gli arcani, le leggi e le passioni del cuore umano, sviluppate, commosse e alla piú alta, utile e vera via indirizzate» (Il Principe e le Lettere, libro III, cap. III). Questa antitesi è specialmente importante quando si chiarisca che cosa significhi per l'Alfieri la parola lettere: il problema è sfuggito al Bertana ignaro di studi speculativi: eppure qui è il segreto per intendere i due concetti enunciati. Tra gli esempi di cultori di lettere l'Alferi non esita a porre accanto a Omero Platone: piú che a valori artistici egli pensa dunque a valori filosofici che nella sua concezione attivistica necessariamente si traducono in norme d'azione e contano in quanto si inseriscono in una praxis sociale.

Dove il Bertana vede una incomprensione c'è una limitazione cosciente che muove da una chiara gnoseologia: la critica del sapere scientifico è una vera e propria critica dell'intellettualismo.

Della scienza l'Alfieri coglie mirabilmente il duplice limite e l'insuperabile relativismo a cui la conoscenza della natura per lo stesso processo da cui scaturisce è sottoposta.

Il limite del sapere astratto in un sistema dell'unità morale è limpidamente determinato quando l'Alfieri nota che le leggi fisiche non offendono il Principato e deduce da questa asserzione la sua teoria dei rapporti tra scienze e governo di Principe. Notando il secondo limite l'Alfieri nega l'assolutezza del sapere scientifico; al criterio oggettivo della verità sostituisce il rapporto tra soggetto e oggetto come distinti e diversi, escludenti un termine superiore che li inveri nella propria assolutezza: spunto iniziale di una teoria essenzialmente romantica che ritornerà ancora, rinnovata, nel sistema crociano. Di fronte al dogmatismo scientifico settecentesco il concetto alfieriano riesce a una vigorosa affermazione dell'autonomia e dell'assolutezza del sapere filosofico contro tutte le riduzioni della filosofia a una serie di astrazioni sui dati della scienza.

Nella concezione attivistica dell'Alfieri anche il sapere scientifico conserva tuttavia un suo valore assoluto: occorre meditare perciò diligentemente la sua distinzione tra il momento creativo della scienza e il momento del successivo progredire e diffondersi. Nel qual concetto si può legittimamente scorgere un principio gnoseologico di differenziazione tra il sapere scientifico come risultato, come materia, come congerie di cognizioni e l'atto dello spirito che lo crea. Vittorio Alfieri ha cosí vivo e profondo il senso dell'attività, della spiritualità del creare che sotto tutte le sue oscure intuizioni si avverte una fervida e costante adesione intima alla concretezza del fare, alla realtà dello spirito come esperienza, e questa riesce feconda anche se manca una base scientifica.

Sapere per lui è veramente inventare, creare: e creare non si può senza libertà. Infatti, le «scienze, come ogni altra egregia cosa, ci derivano anch'esse dai Greci, vale a dire da uomini liberi. E pare infatti che al ritrovamento dei principî nascosti e sublimi delle cose, si richiegga un cosí grande sforzo di pensare, che nel capo di un tremante schiavo sí alta e difficile curiosità non sarebbe potuta entrare giammai» (Il Principe e le Lettere, libro II, cap. III).

«Ma il semplice aggiungere alcuna cosa ai già scoperti e dimostrati sistemi e il far progredire la scienza, principalmente nella natura dei corpi, a parte a parte pigliandoli, in tutto soggiace alle vicende annesse al coltivare le verità non offendenti l'assoluto potere, come quelle che in nulla influiscono sopra lo stato politico e in nulla migliorano la proibita scienza del cuore dell'uomo».

La distinzione posta è dunque tra l'intuizione sintetica dell'universo e l'astratta analisi dei dati empirici. Qui l'Alfieri è persino disposto ad ammettere l'utilità del Principe in quanto egli aiuti lo scienziato per le «necessarie infinite spese, invenzioni ed esecuzioni costose di macchine, infinite esperienze, sterminati viaggi».

Ma per il poco rigore con cui i due concetti sono sceverati, l'intellettualista (e anche in parte il critico equo) si trova di fronte a contraddizioni infinite appena voglia valutare integralmente questi spunti di teoria. Si può precisare la distinzione e togliere alcune incertezze rendendo piú espliciti i concetti del significato pratico e del significato teoretico della scienza dialetticamente intesi.

La scienza è attività teoretica in quanto è creazione e libertà (libertà di pensiero, superiore alla empiria politica, che si afferma contro gli ostacoli, anche sotto la tirannide: il pensiero dell'Alfieri già nella Virtú Sconosciuta è in antitesi con lo scetticismo del Gori e ha dinanzi con piena chiarezza gli esempi di Cartesio e di Galileo). Il Principe aiuta (o può aiutare) non questo processo di creazione, ma il momento pratico in cui la scienza viene organizzata e applicata secondo la sua utilità sociale. Questa seconda affermazione non è senza oscurità e non segue sempre coerentemente la limpida visione speculativa prima raggiunta della scienza come conoscenza creativa. L'Alfieri non ha visto il processo di obbiettivazione per cui la libera creazione spirituale si irrigidisce e si limita in un organismo di risultati schematici per la loro necessaria astrattezza. E cosí dilacerato di dubbi e di intuizioni non rigorose è ancora il capitolo III del Principe tutto animato invero di dialettica drammaticità che riproduce anche nel movimento ritmico e stilistico del periodo il corso di un pensiero torbido e chiuso illuminato a un tratto, per uno sforzo interiore attraverso stridenti contraddizioni, dalla luce di una verità carpita con entusiasmo e stupore insieme al dubbio e non ancora dominata e svolta.

«Mi viene ora osservato che parlando io dei capisetta innovatori nelle scienze, me li conviene in gran parte sottrarre dalle leggi, a cui ho sottoposto le scienze stesse; e chiaramente vedo, che le loro vicende accomunare si debbono a quelle dei letterati; poiché, come filosofi, un cosí splendido loco riempiono degnamente fra essi. Questi innovatoricreatori si debbono dunque in tutto eccettuare da quegli altri tutti, che nelle scienze esatte, dotti soltanto dello scibile, e facendo pure alcuni benché impercettibili passi piú in là del di già saputo, si debbono quindi riputare come le vere ruote dei progressi delle scienze. Questi sono gli scienziati proteggibili e protetti: ed a questi, l'esserlo può sommamente giovare. Ma gli altri, come Euclide, Archimede, Newton, Galileo e Cartesio, interamente corrono la vicenda dei letterati».

Neanche qui il Bertana confesserebbe soddisfatta la candida pretesa di una base scientifica e di una organizzazione sistematica delle idee. Non c'è garanzia di fredda oggettività in questa frammentaria intuizione generata da un violento moto sentimentale: i limiti psicologici suggeriscono di definirla fantasia poetica senza filosofica importanza.

Invece l'affermazione del carattere inventivo e creativo della scienza in un secolo di formulismo e di astrattismo basta da sola alla gloria speculativa di un pensatore, anche se l'affermazione non risolve poi, per una necessità che altrove abbiamo chiarita, tutti i problemi suscitati.

Coesistono, è vero, accanto alla scoperta mirabile residui di dogmatismo scientifico, ma talmente lievi e sovrapposti che non turbano la visione generale, e in taluni errori si avverte talvolta fremere quasi un presentimento di verità.

Si ponga mente per esempio quando l'Alfieri parlando dei movimenti dei pianeti dice che «le cagioni di tai moti furono assoggettate a inalterabili leggi dall'ingegno dell'uomo». V'è in questo «inalterabili» qualcosa di rigido che pare in contrasto con l'affermato relativismo della scienza e col carattere creativo del sapere scientifico. Ma a dominare il contrasto ecco l'idea poderosa, profonda quant'è vivida l'imagine, dell'ingegno dell'uomo che titanicamente assoggetta a una legge liberamente creata e indagata i movimenti delle stelle. Imagine cosí forte non poteva scolpire chi non fosse tutto invaso dal pensiero dello spirito come perennità di creazione. Di pari efficacia e di natura identicamente speculativa è il contrasto tra l'entusiasmo per il disinteressato sapere (opera di libertà creativa) e il disprezzo per l'utile empirico che dal sapere può derivare (lusso e arti di raffinatezza).

Ma la sterminata empiria dell'inesauribile sapere scientifico non lascia pace se non si instaura l'impero di una trascendentale unità, che si alimenti, nascendo, dei primi dati naturalistici e venga a purificarsi nella serena e comprensiva assolutezza della metafisica.

«Che se le leggi dei moti dei corpi, scoperte e dimostrate, lusingano pur tanto la superbia dell'uomo, la ignota cagione di esse leggi e la sola terrestre generazione delle piante e degli animali, nascoste entrambe negli arcani di una profondissima notte, assai piú lo lasciano avvilito e scontento».

Il mero sapere scientifico non può liberare l'uomo da questo pessimismo.

5. – La risposta decisiva spetta all'azione e in sede sistematica alla teoria dell'azione.

Ma il pragmatismo dell'Alfieri non è una confusione di elementi mistici, volitivi, sentimentali, psicologistici come la dottrina moderna che va sotto questo nome.

L'attività conoscitiva conclude all'azione; l'azione poi non si intende come esperienza frammentaria, come fatto, ma è l'ultimo grado perfetto e necessario della conoscenza; la conclusione di un organico processo razionale. Si tratta di una interpretazione attivistica della conoscenza e di un'interpretazione razionale dell'attività. Il pragmatismo resta ai suoi primi ingenui e validi motivi, alle prima spontanee e insopprimibili esigenze.

Sorge nello spirito dell'Alfieri come convinzione immediata e quasi impulso di psicologia individuale e solo a poco a poco pervade e informa di sé, attraverso un processo di coscienza concrescente, tutti i momenti della sua riflessione.

Nella «volontà» di Alfieri, uno dei piú discussi e tormentati problemi di psicologia biografica, c'è come il presupposto e il dato primo su cui si elaborerà questa convinzione. Ma non importa a noi accertare i limiti e i risultati della famigerata volontà alfieriana perché il problema biografico si è toccato qui solo in quanto è materia di speculazione filosofica, e rivelatore primo degli impulsi originari della riflessione.

La linea di perfetta coerenza dello sviluppo spirituale dell'Alfieri, la feroce intolleranza con cui deduce dalle proprie esperienze gli effetti piú rigidi e piú chiari, lo stato di incomprensione e di solitudine in cui egli deve trovarsi di fronte alla cultura contemporanea, come noi abbiamo rigorosamente dimostrato – dànno argomento allo storico per accettare questa nuova metodologia. L'equivoco delle vecchie indagini non si abbatté per pregiudizi di natura letteraria e di metodologia erudita: invece le fonti valide del pensiero alfieriano si penetrano solo attraverso uno studio misurato e parco degli impulsi che definiscono la sua personalità. La sua cultura non è fatta di libri. E la validità storica delle sue osservazioni non si deve fissare con richiami eruditi, ma con aperte e ingegnose disamine delle sue contraddizioni.

La Vita ci documenta esaurientemente il concetto che qui ci importa: ossia non la sua volontà, ma la volontà di volere.

Il primo sforzo di teoria, il primo momento in cui la riflessione diventa un proposito speculativo si legge nella Virtú Sconosciuta, un vero piccolo trattato di etica, un saggio di morale eroica.

Il concetto dominante del dialogo è preciso in queste parole di Francesco Gori:

«A ciò ti aggiungea; che ufficio e dovere di uomo altamente pensante egli era ben altrimenti il fare che il dire; che ogni ben fare essendoci interdetto dai nostri presenti vili Governi, e il virtuoso e bello dire essendo stato cosí degnamente già preoccupato da liberi uomini che d'insegnare il da lor praticato bene aveano assai maggior diritto di noi, temerità pareami il volere dalla feccia nostra presente sorger puro ed illibato d'esempio, e che viltà mi parea lo imprendere a dire ciò che fare da noi non si ardirebbe giammai, ecc.» (La Virtú Sconosciuta in «Scritti politici e filosofici», Paravia, pagg. 200201).

Le conseguenze pratiche di questo pensiero pessimistico (la rinuncia) non sono accettate dall'Alfieri che verso l'amico Gori è in atteggiamento di ammirazione polemica.

Ma attraverso le sfumature della poetica espressione si avvertono qui quattro momenti concettuali che l'Alfieri accetta come agevolmente si può scorgere dal riscontro di altri passi e di altre opere:

1) la superiorità del fare sul dire espressa come mera tesi letteraria e quasi conferma della sapienza popolare: in questo primo momento il pragmatismo è poco piú che un'immediata condizione sentimentale benché sia riflessamente espresso;

2) l'idealizzazione trascendentale del risultato empirico, la concezione eroica (übermensch) dell'uomo liberamente operante che ha per termine la vaga lusinga della gloria e per intima realtà «il forte sentire, che per ogni nostra vena e fibra trascorre e a tutti i sensi si affaccia» (id., pag. 203).

Il superuomo alfieriano ha una realtà etica e concettuale nuova in cui il patriarcalismo dell'eroe greco e romano è direttamente superato nella figurazione di un'infinita e assoluta attività, che trova in sé il proprio fine: e nell'ascesi è ancora piú puro che il martire cristiano da elementi utilitaristici e particolari.

Tuttavia il concetto deve essere altrimenti inverato e ravvivato per generare una nuova etica integrale: il ripensamento si esprime in due sviluppi di razionale ampiezza e di conscia indipendenza;

3) il fare come conoscere; oscura possente intuizione che si sprigiona dalla affermazione fortissima, alfierianamente incisiva: «ufficio e dovere d'uomo altamente pensante egli era ben altrimenti il fare che il dire»;

4) negazione della conoscenza che non è creativa. Cosí soltanto si può intendere e limitare il pensiero «che de' libri benché pochi sian gli ottimi, bastanti pure ve ne sono nel mondo, a chi volesse ben leggerli, per ogni cosa al retto e sublime vivere necessaria imparare» (id., pag. 200). La nostra esegesi di questo pensiero che, accettato grossolanamente alla lettera, sembrerebbe invece bizzarro, è confermata dalla negazione della critica d'arte che l'Alfieri gli fa seguire; e che si deve intendere come cosciente svolgimento del paradosso iniziale: «benché corra adesso questa smania di belle arti, ed alcuni, nulla potendo essere per se stessi, né far del loro, abbiano creata questa nuova arte di chiacchierar sull'altrui; tu sai che io sempre ho reputato esser questa una mera impostura; perché il vero senso del bello si può assai piú facilmente provare che esprimere» (id., pag. 203).

Dove l'ultima conclusione parrebbe addirittura aderire ad un misticismo del sentimento. Parrebbe – ma in realtà il «provare» è per l'Alfieri (critico egli stesso e, del resto, deferente al Calzabigi) un modo di esprimere, è la ricreazione fantastica contrapposta alla divagazione erudita: la sua polemica s'appunta contro la pedantesca critica acritica che già nel Settecento (nel secolo di Baretti) rappresentava un mondo sopravvissuto – non contro quella moderna critica filosofica che ancora non era nata. E chi pensasse a possibili contestazioni per l'assenza di un preciso linguaggio tecnico dell'Alfieri, rimediti i criteri metodologici già esposti e non dimentichi che nella Virtú Sconosciuta abbiamo la dialettica fusione di due esigenze e l'Alfieri continua ad essere in posizione di polemica verso il Gori, anche se consente con le sue premesse sentimentali pessimistiche e ne esalta l'ardore pragmatista.

Tutto il passo del resto è da esaminarsi in rapporto con la limitazione alfieriana della validità del sapere scientifico (utilitario o astrattamente analitico): ne riesce ancora piú decisamente illuminato il vigoroso concetto del sapere come fare che esclude inesorabilmente il sapere come passatempo, come divulgazione superficiale, erudizione disgregata o ricerca di vantaggio pratico: e per i nuovi chiarimenti è fatto piú preciso il presupposto su cui la polemica; si fonda: l'affermazione dell'unità morale.

Nella Tirannide e nel Principe gli sviluppi della dottrina conducono a tre nuove concezioni esplicite che del resto agevolmente si deducono dalla Virtú Sconosciuta. Le posizioni e le antitesi sono troppo inesorabili perché nell'Alfieri non si trovi la piú chiara coerenza e la piú netta continuità di pensiero:

1. Il concetto del letterato come propagandista (non in senso illuministico, ma rivoluzionario) di libertà: che è il nucleo centrale del Principe e ha una forte espressione di carattere autobiografico nel sonetto conclusivo del Misogallo.

2. La riduzione della scienza della natura, dell'indole e delle passioni umane alla loro validità politica. In caso di rivoluzione gli Italiani «che avran meglio studiato e conosciuto nelle diverse storie e nei diversi paesi dello stesso lor secolo la natura, l'indole, i costumi e le passioni degli uomini, quelli solo

potranno allora con adeguato senno provvedere a ciò che operar allor si dovrebbe per il meglio; cioè, pel meno male» (Della Tirannide, libro II, cap. VIII). E consiglia a tal fine ai pratici la lettura di Platone.

3. Infine l'approfondimento del concetto del letterato propagandista riesce al concetto del letterato attore, che, se ubbidisce a una possente esigenza autobiografica, non è meno valido teoricamente in quanto presuppone una coscienza dell'unità dello spirito cosí profonda che appena sarà conquistata qualche decennio piú tardi dalla speculazione romantica tedesca. L'affermazione alfieriana, recando con sé una viva esperienza creativa, consente inoltre una valutazione adeguata dei valori individuali e del concetto stesso di individualità.

Una citazione chiarirà la nostra esegesi: «E Bruto e Numa e Romolo stesso erano, sopra ogni altra cosa, conoscitori profondi e scaltri commovitori del cuore umano e delle sue tante passioni; ciò viene a dire che costoro, in altre circostanze trovatisi, sommi scrittori si sarebbero fatti. A pochi uomini concede il destino di poter operare, e di giovar al pubblico in atto pratico col presente lor senno. Quindi, se alcuni di quei pochi a ciò atti, ed a ciò non eletti, si trovano dalle loro circostanze impediti di operare, questi colla lor penna insegnano agli altri ciò ch'essi eseguir non potevano; alle vacillanti pubbliche virtú soccorrono con dilettevoli aiuti; ovvero al vizio già trionfante e in trono muovono essi quella guerra di verità, che sola può, smascherandolo, felicemente combatterlo e col tempo distruggerlo. Sono questi, a parer mio, i veri, anzi i soli scrittori; e i piú perfetti reputo tra i loro libri quelli che maggiormente un tale effetto producono. Onde dividendo io questa stessa classe di uomini sommamente capaci a commuoverne e guidarne molti altri in letterati attori e in letterati scrittori, osservo che Roma nel fiore e nerbo della sua libertà, moltissimi dei primi ne annovera; e sono gli Orazi, gli Scevoli, gli Emili, gli Attilj e Regoli, e Scipioni e Decj e Catoni; e quei tanti altri insomma, grandissimi tutti, bollenti a gara di amor di virtú, di libertà e di gloria, tre sacre faville, onde si deve comporre ed incendere l'animo di ogni grande, e massimamente quello del vero e sublime scrittore» (Del Principe e delle Lettere, libro III, cap. IV).

La grandezza voluta con pessimistica inflessibilità, l'entusiasmo della disperazione: ecco sopra i motivi tetri della chiusa solitudine diffusa nel dialogo della Virtú Sconosciuta levarsi nel maturo pensiero del vate l'intuizione di un nuovo criterio di teoria umana – nella convinzione della caducità di tutti i dati dell'empiria, nell'eroica rinuncia dell'immanenza l'individuo è ancora eterno nell'atto in cui rende obbiettiva la sua divinità e crea, perennemente rinnovellata nella catarsi dell'assoluto disinteresse, la libertà della storia.

Abbiamo visto sorgere la filosofia dell'Alfieri dalle intime esperienze del poeta e dell'uomo che rimangono vivissime anche nello sforzo teoretico della riflessione. Abbiamo dimostrato come il vero processo di liberazione dai limiti del suo tempo derivi in lui dal non aver accettato l'esigenza della costruzione sistematica.

Bisogna ora che ricostruiamo la vitale freschezza del suo pensiero nei motivi e nella situazione storica che l'hanno generato: appunto perché frammentario esso può accogliere in ogni istante motivi nuovi di chiarificazione ed esplicarsi piú libero sotto il pungolo di una necessità polemica.

La polemica che occupa il centro dello spirito alfieriano è empiricamente duplice, sostanzialmente una e colpisce contemporaneamente il dogmatismo cattolico e l'assolutismo monarchico.

Occorre distinguere nel pensiero alfieriano la critica al cattolicismo dalla critica alla religione: posta questa legittima e necessaria distinzione, che il Bertana si è scordato, la polemica alfieriana è tutta coerente e chiara; le poche contraddizioni che non si aboliscono per questa via si giustificano come frammentarie digressioni suggerite da motivi artistici: il famoso sonetto «Alto, devoto, mistico, ingegnoso» che muove da alcuni veri e propri concetti religiosi dell'Alfieri, degni di speciale discussione, rappresenta poi nei suoi accenti piú cattolicamente ortodossi il risultato di un episodio di seduzione esercitata da un misticismo estetizzante del culto. E non è problema che qui importi discutere, ossia non rientra in sede di teoria della religione l'atteggiamento pratico attenuato e conciliante che egli assunse durante la Rivoluzione francese verso persone e cose del culto: che per reazione all'ottusa antireligioneria gallica egli sia stato tratto a considerare i Papi, e insieme i Re, quali parapeggio: questo è problema di empirismo storico che si deve discutere solo quando si voglia tessere la cronaca o la biografia esterna dell'Alfieri.

Il documento piú importante del pensiero alfieriano sul cattolicismo è il capitolo VIII del libro I Della Tirannide che nel suo significato centrale racchiude la negazione della vecchia ontologia.

Critica il monoteismo con criteri politici esclusivistici e limitati, ma contemporaneamente affaccia la distinzione tra cattolicismo e cristianesimo, distinzione profondamente romantica e filosoficamente notevole per la sua immediata fecondità ideale; è quasi l'implicito riconoscimento del valore eretico dell'atto che dà vita alla creazione religiosa e nell'Alfieri, contemporaneo agli enciclopedisti e ai catechismi laici, dimostra una singolare inquietudine spirituale e una profonda coscienza dei massimi problemi.

Distingue nella critica del dogma lo spirito dalle forme. Il culto delle immagini, l'eucaristia, ecc. si possono agevolmente svalutare se si prendono arbitrariamente nel loro senso superficiale: ma la loro verità si deve ricercare nell'organismo di cui fanno parte e di cui sono un aspetto e anzi addirittura una mera estrinsecazione: dimostrandole assurde non si dimostra nulla contro il cattolicismo come filosofia, mentre esse rimangono prive di senso quando si sia esaurita definitivamente la critica alle forme ideali del cattolicismo.

I paladini francesi dell'incredulità avevano volte le loro critiche e i loro sarcasmi all'ingenuità superstiziosa delle credenze popolari: con ciò avevano creduto di stroncare religione e cattolicismo. L'Alfieri aveva accolto nella giovinezza, respirandoli col sensismo ch'era nell'aria, alcuni di siffatti motivi, ma rimase cosí lontano dallo spirito degli enciclopedisti (ritenuti sue fonti dal pregiudizio corrente) che invece dei germi dell'astratta critica intellettualistica e delle sottigliezze razionaliste ha svolto dalle sue premesse una concezione integrale e unitaria della realtà.

La sua critica al cattolicismo significa perciò critica al dogmatismo sterile, che si è sostituito alla esperienza religiosa, condanna della fede divenuta convenzionalità, della morale irrigidita nella precettistica, dello spirito falsificato nello schema.

Nel suo ardore libertario la lotta contro il dogmatismo cattolico è lotta contro il Medio Evo, ossia contro una tradizione esausta che è presente solo per soggiogare le menti con un esempio diseducatore di passività.

La sua negazione si rivolge contro la Chiesa, non contro lo spirito religioso e, checché ne sia parso al Berti, muove sostanzialmente da un'intima religiosità, superiore al principio criticato.

Nella storia delle affermazioni teoriche dell'irreducibile contrasto tra la Chiesa e lo stato nazionale, dal Machiavelli al Vaticano e lo Stato di G. M. Bertini, l'Alfieri si inserisce con piena coscienza attingendo ai motivi di speculazione piú concreti.

Il Papa, l'inquisizione, il purgatorio, la confessione, il celibato: ecco le basi antiumane che costituiscono il cattolicismo e che bisogna demolire. Esaminiamo partitamente la dimostrazione alfieriana dell'inaccettabilità di questi concetti e di questi istituti, e per ultima l'indissolubilità del matrimonio che egli combatte, per le ragioni che vedremo, alla stessa stregua, riconducendola alle medesime origini logiche.

Nella negazione del Papa è implicita la negazione del dominio temporale, come risulta da questo epigramma:

Sia pace ai frati,
Purché sfratati;
E pace ai preti,
Ma pochi e queti,
Cardinalume
Non tolga lume,
Il maggior prete
Torni alla rete.
Il papa è papa e re
Dessi aborrir per tre.

I popoli soltanto per ignoranza e per timore possono credere esservi un uomo «che rappresenti immediatamente Dio; un uomo che non possa errar mai; ora l'ignoranza è l'antitesi della libertà e il timore, non potendo essere inspirato dalle scomuniche, attesta chiaramente che dove è il pensiero del Pontefice, là è il tiranno, dove vi è dommatismo religioso, là vi sono spade a sostenerlo». Mentre le credenze meramente astratte e prive di pratica influenza (come la Trinità) sono da ritenersi poco nocive anche se irrazionali, «l'autorità illimitata sopra le piú importanti cose, e velata dal sacro ammanto della religione importa molte e notabili conseguenze; tali insomma che ogni popolo, che crede o ammette una tale autorità si rende schiavo per sempre». E per mettere bene in luce l'immoralità della credenza l'Alfieri disegna minutamente il processo antieducativo attraverso cui essa si sviluppa nella sua piena logica. Un popolo sano e libero che accetti la credenza nella infallibile e illimitata autorità del Papa «è già interamente disposto a credere in un Tiranno, che con maggiori forze effettive, e avvalorate dal suffragio e scomuniche di quel Papa stesso, lo persuaderà o sforzerà ad obbedire a lui solo nelle cose politiche, come già obbedisca al solo Papa nelle religiose».

Il cattolicismo comincia con una rinuncia alla dignità umana e nega e contraddice ogni giusta preparazione all'autonomia dello spirito: ché, se anche la fede venga meno nell'individuo, egli è per questo «tormentato, perseguitato, sforzato da una forza superiore effettiva». Cosí «quella prima generazione d'uomini crederà nel Papa per timore». Ogni sforzo operoso si spegne per ineluttabile logica sotto la costrizione dell'abitudine, ogni spiritualità si irrigidisce. I figli crederanno nel Pontefice per «abitudine»; i nipoti per «stupidità». La conclusione del ragionamento appare, attraverso la commozione, impassibile e tragica: fredda verità ineluttabile, angosciosa condanna che stronca ogni velleità. «Ecco in qual guisa un popolo che rimane cattolico deve necessariamente, per via del Papa e della inquisizione, divenire ignorantissimo, servissimo e stupidissimo». Ma oggi i piú in Europa ammettono tale autorità senza crederla, e di qui l'Alfieri trae argomento a sperare che non possa essere ormai gran fatto durevole poiché la forza intrinseca di tali vecchi principî è ormai tramontata e si sostengono al presente solo per opera del Tiranno.

«Dove ci è il cattolicismo, vi è o vi può essere ad ogni istante l'inquisizione».

«La inquisizione, quel tribunale sí iniquo di cui basta il nome per far raccapricciare».

«Autorità dei preti e dei frati, vale a dire della classe la piú crudele, la piú sciolta da ogni legame sociale, ma la piú codarda ad un tempo».

Senza pregiudizi di cattolico liberale in anticipo (benché il cattolicismo liberale fosse ormai nell'aria) l'Alfieri afferra la rigida connessione logica e pratica che fa coesistere nell'unità del sistema generale tutti i termini e gli elementi della teoria e della praxis cattolica. La sua critica presuppone la rigorosa coerenza del principio contro cui si esercita. La complicità di inquisizione e tirannide diventa nell'inesorabile polemica alfieriana il nuovo aspetto e l'evidente chiarimento della premessa ideale che aveva rivelato la sostanza dogmatica e tirannica del principio cattolico. La conclusione si esprime ancora una volta nel ritornello «non vi può dunque essere a un tempo stesso un popolo cattolico veramente e un popolo libero».

La critica al concetto di confessione muove apparentemente da premesse di mero buon senso: evita tuttavia la superficialità dell'ateismo francese da salotto e ritrae la sua forza concettuale dal nuovo organismo etico che la determina. La confessione non è da combattersi in sé per le sue incongruenze empiriche: la sua realtà è tutta nel concetto primo di una trascendenza: negandola ci si deve riportare alla negazione centrale. E l'Alfieri la nega infatti in nome di una immanente libertà che riconduce all'interno, alla coscienza dell'individuo il fondamento della morale. Di questa autonomia l'individuo deve sentire e conservare la dignità e la responsabilità: deve diventare sacerdote di se stesso: quel popolo che vi rinunci, e si pieghi alla confessione «non può esser libero né merita di esserlo».

Echi di settarismo enciclopedistico si trovano nella critica alla dottrina del Purgatorio che l'Alfieri riprova ricordando – non si saprebbe dire se con ironia o con sdegno – la conseguenza pratica che ne scende: «la sterminata ricchezza dei preti, e dalla lor ricchezza la lor connivenza col Tiranno». Tutto ciò «contribuisce non poco ad invilire, impoverire e quindi a rendere schiavi i cattolici popoli». Ma l'Alfieri colpendo insieme confessione e purgatorio – e sia pure con una malizia ingenua e convenzionale – dà ancora una volta prova di sottile penetrazione critica poiché, mentre oppone una critica rispettosa ai principî fondamentali del Cristianesimo e non è alieno dall'accettarne la sostanza eterna, si mostra poi inesorabile nell'esame dei dogmi che il cattolicismo vi è andato sovrapponendo non tanto per soddisfare bisogni religiosi, quanto per vincere pratiche battaglie, e coglie tali sovrapposizioni vigorosamente e precisamente. Ora è vero che la distinzione tra cristianesimo e cattolicismo, fatta con lo scopo di accettare il primo per respingere il secondo, non è teoricamente valida; l'Alfieri stesso sa che la logica della trascendenza investe in sé religione e politica e che pertanto non v'è di eterno nel Cristianesimo se non la religiosità, l'atteggiamento formale dello spirito mentre caduchi ne sono gli svolgimenti e la precettistica morale dei Vangeli. Tuttavia nell'Alfieri e in tutto il pensiero che prepara il liberalismo nostro questa distinzione si giustifica validamente in quanto soddisfa una esigenza storica.

L'ultimo motivo alfieriano di critica al cattolicismo nasce da un approfondimento del problema sociale e morale che quasi non era lecito aspettarsi da uno spirito come Vittorio Alfieri pervaso da così viva coscienza individualistica che pare rasentare talvolta motivi addirittura anarchici. L'Alfieri contesta la legittimità del celibato dei preti, ma alla sua osservazione (comune ai tempi e anzi tutt'altro che recente) dà il preciso carattere di negazione di ogni egoismo individualistico. Al cattolicismo oppone il cattolico spirito del Vangelo. Al dogma la morale: «dall'essere i preti cattolici sforzatamente perpetui celibi non sogliono mostrarsi né fratelli, né figli, né cittadini; che per conoscere e praticare virtuosamente questi tre stati troppo importa il conoscere per esperienza l'appassionatissimo umano stato di padre e di marito».

Contro questa affermazione potrebbe qualche bello spirito, banditore di una precettistica, opporre la vita privata dell'Alfieri: e dire che non è valida la giustificazione teorica da lui offerta del suo celibato, poiché, in sede teorica, un dovere morale si commisura all'attività spirituale di un individuo nella sua assolutezza, non ad una condizione contingente quale è lo stato politico di libertà o di schiavitú del paese.

Tuttavia la contraddizione mettendo in luce quanto intensi fossero nel nostro i motivi di disgregazione sentimentale e le aspirazioni anarchiche, offre una misura valida per intendere l"importanza del suo concetto che scaturisce potente da una elaborazione profondissima. Il momento astrattamente individualistico del liberalismo è superato in una salda coscienza dei valori dell'individuo come individuo sociale. Il termine uomo è inverato nei termini cittadino e padre: fuori della famiglia, intesa non egoisticamente o affettivamente ma come primo nucleo sociale, non v'è moralità perché non v'è organismo.

Insieme con il celibato dei preti l'Alfieri combatte l'indissolubilità del matrimonio, instaurata dal cattolicismo: come egli ricolleghi questa critica al concetto centrale conquistato dianzi, non si vede; e non v'è ragione perché dei danni notati nel matrimonio perpetuo s'abbiano a incolpare, com'egli fa, i tiranni.

Ma, senza tentare una pedantesca giustificazione, basterà avvertire che il radicalismo era nell'aria.

Parallela alla negazione del cattolicismo si svolge, come già s'è intravvisto, la critica alla tirannide: anzi vi è tra i due elementi una sostanziale unità.

Checché sostenga di diverso lo Scandura, tra monarchia e tirannide non v'è differenza per il pensatore astigiano. Il costituzionalismo non gli offre garanzia di sorta perché egli non si è mai fermato a studiare con giuridica sottigliezza il problema delle forme di governo.

Sotto lo stimolo del giusnaturalismo egli è tratto a pensare la storia secondo un principio schematicamente dualistico: il trionfo della libertà e, antitetico con esso senza possibili mediazioni, il dominio della tirannide.

Ma se il punto di partenza resta il giusnaturalismo, la statica concezione di Rousseau e l'incapacità sua di comprendere l'organismo sociale è superata dal nostro in una visione trascendentale che riconduce libertà e tirannide a un principio pragmatistico e a una dinamica volontaristica.

Dove la volontà è autonoma, dove il principio di ogni miglioramento e svolgimento è in noi stessi, quivi esiste libertà; da una stessa giustificazione, da una stessa base morale nascono dunque per l'Alfieri libertà individuale e libertà sociale.

Si trova tirannide contrapposta a libertà, dove all'autonomo svolgimento che ha in sé il suo fine e il suo principio si sostituisce e sovrappone una esterna gerarchia che negli uomini veda uno strumento per la soddisfazione di limitati interessi da cui tutti, eccettuato il tiranno, restano esclusi.

Non si attenda a questo punto dall'Alfieri la giustificazione che lo storico può e deve dare della tirannide, esaminando realisticamente le cose. Studiare nel Settecento la questione da un punto di vista storico significava schierarsi già inizialmente coi fautori della tirannide. La forza dell'Alfieri dunque è nella sua debolezza. Rinunciando al realismo politico egli conquista una posizione di realismo filosofico. Il profeta si libera dal suo tempo perché non lo capisce (o meglio non lo capisce da politico): in questo paradosso c'è la definizione più rigorosa di tutte le torbide divinazioni dei precursori.

L'Alfieri nega la tirannide perché più forte dell'esigenza sociale freme in lui il represso ardore di una attività individuale, più forti di tutti i motivi democratici lo animano gli impulsi anarchici e aristocratici della sua esuberanza e della sua concreta coscienza creativa. La sua critica è superiore all'enciclopedismo e al liberalismo sensistico. Benché la sua fraseologia sia ancora sostanzialmente quella dell'utilitarismo, egli tende ad elaborare una concezione precisa della società come necessario organismo ideale, e dello spirito come socialità; e si guarda dal ricader nelle incoerenze dei democratici che per un risultato edonistico erano pronti ad accettare trascendenza e dispotismo.

L'Alfieri fu conscio talvolta dell'astrattezza che caratterizzava la sua critica e allora, benché privo di cultura e di esperienza storica, seppe elevarsi a visioni sintetiche di potenza vichiana. La coscienza dell'inesauribilità dello spirito, in lui limpidamente teorizzata, gli suggerí idee luminose sulla relatività delle cose umane che temperano e arricchiscono nella sua considerazione della storia il rigido sistema iniziale dell'entusiasmo immanentistico.

«È il vero che nessuna cosa poi tra gli uomini riesce permanente e perpetua: e che (come già il dissero tanti savi) la libertà pendendo tuttora in licenza degenera finalmente in servaggio: come il regnar d'un solo pendendo sempre in tirannide, rigenerarsi finalmente dovrebbe in libertà» (Della Tirannide, libro I, cap. I).

Al primo semplicismo della concezione dualistica è qui sostituita una lucida visione di concretezza dialettica da cui l'Alfieri si affretta a dedurre una norma di pratico operare: «... ogni uomo buono deve credere e sperare che non sia ormai lontana quella necessaria vicenda per cui sottentrare alfin debba all'universale servaggio una quasi universal libertà» (id.) Qui dal mondo metafisico s'è passati a una concreta situazione storica e a questa significazione relativa si devono specificamente commisurare quelle affermazioni che soltanto per maggiore efficacia e quasi per artificio di scrittore si enunciano come se rivestissero un valore assoluto: per non aver posto mente a ciò gli interpreti dell'Alfieri si sono perduti in tanti equivoci e incertezze.

C'è un'altra giustificazione della tirannide, di carattere decisamente metafisico, cui l'Alfieri accenna appena, ma che avrebbe dovuto far meditare i critici frettolosi sulla complessità e sulla feconda inquietudine del suo pensiero. — Nel primo libro del trattato Della Tirannide abbiamo visto il tiranno considerato come colui che sa conoscere gli uomini e perciò valersene. Tutto lo spirito del primo libro Del Principe e delle Lettere anche se s'intende come satira e sarcasmo, è necessariamente fondato su una premessa teoretica che nella tirannide riconosca qualcosa di praticamente e teoricamente valido. E non siamo noi i primi a notare che attraverso le tragedie la figura del tiranno s'impone e opera come realtà ideale da cui l'Alfieri è persino affascinato quando nel tiranno c'è forza e in chi gli soggiace debolezza. Egli voleva per i suoi uomini di libertà la tempra ferrea dei suoi tiranni e sentiva in sé i due eroici furori della libertà e della forza sino a voler impersonare insieme, quando recitava egli stesso il suo Filippo, le due figure antitetiche di Carlo (libertà) e di Filippo (tirannide).

Tuttavia esigenze estetiche e sentimentali sono crudelmente, imperiosamente soffocate dal prevalere di una sola esigenza morale: la negazione della tirannide acquista il pathos della negazione dell'apostolo.

Reciso contro ogni dubbio l'Alfieri sculturiamente definisce: «La parola Principe importa: colui che può ciò che vuole e vuole ciò che piú gli piace; né del suo operare rende ragione a persona; né v'è chi dal suo volere il diparta, né chi al suo potere e volere vaglia ad opporsi» (Del Principe e delle Lettere, libro I, cap. 2).

«E quindi o questo infrangilegge sia ereditario o sia elettivo, usurpatore o legittimo; buono o tristo; uno o molti; a ogni modo chiunque ha una forza effettiva che basti a ciò fare è tiranno» (Della Tirannide, libro I, cap. II).

Le parole in corsivo mostrano a chi parli di fonti del pensiero alfieriano quale abisso vi sia tra queste affermazioni e la dottrina del Montesquieu.

Riprende l'esame delle seduzioni estetiche che su lui aveva esercitato la figura del Principe; ogni incertezza è stroncata: si dimostra inesorabilmente che il Principe, considerato come conquistatore, come legislatore, come mite governante, è sempre vituperevole e inutile all'umanità. Gli esempi son scelti tra i piú efficaci: implacabili sono le «stroncature» di Alessandro, di Ciro, di Tito.

Conclude: la tirannide è l'antitesi del vivere umano: «se anco da noi tutti non si dovesse aver mai altri principi che dei simili a Tito, ne saremmo quindi noi forse maggiormente uomini? Nol credo; poiché i Romani non ridivennero maggiormente Romani sotto Tito, né sotto Traiano, né sotto gli Antonini, di quello che il fossero sotto Augusto, Tiberio e Nerone» (Il Principe e le Lettere, libro II, cap. VIII).

Dai primi motivi sentimentali ed egoistici la critica s'è trionfalmente ampliata e integrata sino a diventare una decisa affermazione morale: la polemica contro il monarca si trasforma in negazione assoluta del dogmatismo politico: il problema s'arricchisce di un intimo contenuto pedagogico e il liberalismo è ricondotto ai suoi fondamenti filosofici. Gli sviluppi empirici, le parentesi quasi autobiografiche, gli stessi particolari erronei non devono esser esaminati ingenuamente come tali, ma accettati in quanto illuminino ed esprimano con approssimazione simbolica il coerente edificio sistematico della sua divinazione immanentistica.

Anzi la casistica pratica che si deduce immediatamente dalla teoria dimostra, in un secolo di sensismo, l'irreducibile aspirazione a una assolutezza filosofica: non solo si combatte il cattolicismo, ma lo si vuole sostituire integralmente. Con una logica serrata l'Alfieri deriva dalle sue premesse l'esigenza del tirannicidio: il suo immanentismo essendo fortemente legato a motivi di immediatezza spirituale e di ingenuo impulso creativo è naturale che egli contrapponga all'individuo l'individuo, al tiranno la passione del regicida. V'è in questa coerentissima logica astrattismo e inesperienza politica: ma è quell'inesperienza che fonda le nuove esperienze.

E qui è il luogo di intendere e chiarire quel concetto apparentemente contraddittorio e assurdo – che si trova nel Panegirico a Traiano e qua e là in frammenti delle altre opere – che il solo Principe degno di rispetto sia quello che dona la libertà ai suoi sudditi rinunciando al dominio. Inteso il concetto grossolanamente si tornerebbe in pieno estetismo umanistico, e alla visione della politica come coscienza e organizzazione di coscienze si sostituirebbe il gesto esterno, si porrebbe come fecondo di conseguenze universali un atto limitato, isolato, scisso dalla storia. Non certo ad una libertà donata aspira l'Alfieri; la sua libertà deve esser frutto di inesausta volontà e di laboriosa iniziativa. Nel Panegirico dunque non v'è né un programma politico, né un ideale: si esprime la crisi di coscienza del tiranno, si mostra in lui il doloroso contrasto tra la sua qualità di tiranno e il pensiero che gli deve nascere in cuore naturalmente appena si senta uomo. Cosí non v'è liberazione per lo spirito del despota fuor che in questo ideale suicidio; la tragedia intima colta dalla fantasia dell'artista è la riprova rigorosa dei motivi di critica teorica.

L'Alfieri enumera tre modi di origine della tirannide:

1) la forza;
2) la frode;
3) la volontà dei sudditi mossi da corruzione; e vede in tutti e tre il prevalere delittuoso di una volontà malefica artificiosamente operante tra individui incapaci e ingenerosi.

Monarchia e dispotismo non si distinguono perché il monarca moderato essendo tale per suo arbitrio è in ciò tiranno e i sudditi, anche se non sono malmenati, sono schiavi. Ricondotto il criterio della distinzione tra tirannide e libertà alla possibilità di sviluppo dell'attività autonoma dei cittadini, la presenza di un dominatore che attinga la sua autorità dall'esterno è di per se stessa, esclusa ogni considerazione sulla benignità o ferocia dei risultati, una limitazione, una diminuzione di spiritualità per chi gli sta di fronte e gli è sottoposto. L'esigenza dell'autorità in un mondo libero si attua per un processo dialettico a cui tutte le forze partecipano, sí che il dominatore serve ad un tempo ed è espressione e simbolo di tutta la realtà. La monarchia assoluta o moderata, asiatica o europea è sempre un insulto a questa legge e la sua benignità non è che un nuovo peccato di ipocrisia. Se c'è in questa critica un torto esso non dipende da altro che dall'arbitrio con cui se ne è pensata l'esegesi. Il processo storico ha dimostrato che la monarchia, essendo realizzazione empirica di un concetto, e perciò sottoposta all'imprevisto della praxis, può rinunciare alla sua iniziale giustificazione teorica senza rinunciare a se stessa. La logica dei concetti non è la logica della pratica. Nella dialettica storica la libertà non esita mentre si afferma a servirsi degli istituti stessi che sono sorti dalla sua antitesi. Il costituzionalismo giuridico ha rivelato nel corso di un secolo le sue eccellenti capacità di mediatore e ha dato le garanzie necessarie nella conciliazione. Questo mondo di realizzazioni particolari e di limiti empirici si sottrae al dominio della profezia. Il profeta è il filosofo dell'iniziativa, della forza che si esprime rivoluzionariamente, il teorico di oscure volontà e di inesauribili impulsi spirituali. Gli elementi del contrasto e della dialettica unità si sottraggono alla coerenza lineare che li ha fatti scaturire e che continua a presiedervi come norma e legge operosa. Lamentare che Vittorio Alfieri non abbia divinato l'unità d'Italia sotto la monarchia costituzionale vuol dire lamentare che la storia non sia finita con Vittorio Alfieri. La storia non ubbidisce ai propositi degli individui, non corrisponde mai ad alcun schema. Ma gli schemi sono il segno delle volontà che vi incalzano, che la creano. Un Alfieri costituzionalista in pieno secolo XVIII avrebbe potuto soltanto documentare un momento di stasi e di interruzione, segnare un esame di coscienza e una rinuncia riformistica. Era il momento eroico dell'azione, l'alba di una catarsi per cui i miti dovevano far scaturire volontà pure e inesorabili, rigide sino al messianismo. Poi sarebbero venuti i legisti a foggiar misure e a costruire formule intellettualistiche. Ma il realismo politico voleva forze e ideali senza cui il momento del relativismo formulistico sarebbe stato arido e decadente. La negazione della monarchia in Vittorio Alfieri è dunque una volontà e perciò non ammette transazioni, è una forza ideale e non una riforma repubblicana.

Liberi i critici di trovare imprecisioni dove l'Alfieri vuole formulare in una parvenza di sistema pratico gli sviluppi della sua teoria.

L'Alfieri si è preso cura nel suo trattato di enumerare quasi diligentemente i sostegni della tirannide: la paura (dell'oppresso e dell'oppressore), la viltà (che instaura il regno dell'adulazione), l'ambizione (viziosa dove vale soltanto a soddisfare private passioni e a procurare turpi sterminate ricchezze), la milizia, la religione, il falso onore (tirannide esclude sincerità: rimaner fedeli al tiranno vuol dire essere in realtà spergiuro e fedifrago), la nobiltà (sorta eroicamente come classe politica, ma corrotta e schiava per la permanenza a corte), il lusso (che inverte e contamina tutti i valori).

Una enumerazione che potrebbe essere continuata e in cui si trovano, è vero, punti di riferimento col Montesquieu ma, forse piú, derivazioni numerose dal semplice senso comune. Il criterio secondo il quale il pensiero alfieriano va giudicato non consiste in una sottile critica di carattere tecnico, ma si deve riportare ancora una volta all'unità sentimentale della passione e della coerenza alfieriana. La negazione della tirannide ha anche in questi sviluppi la sua misura in una originale coscienza etica.

Dove queste affermazioni sembrerebbero implicare una risoluzione di problemi concreti economicamente o politicamente determinati, l'Alfieri non riesce a nascondere la sua fretta e la sua impreparazione. Non nelle sue opinioni economiche consiste la sua grandezza di pensatore politico. Nella sua profezia che è un sistema e un'aspirazione diventati imperativo categorico, i riferimenti all'economia non possono non essere utopistici; e conscio della loro astrattezza l'Alfieri vi attribuisce un significato del tutto secondario: dove questi suoi accenni hanno avuto nella storia una conferma non è possibile trovarvi alla radice una inesorabile volontà che trasformi il caso in profezia e organismo. La negazione del lusso sembra dedotta dalla negazione del principio della disparità eccessiva delle ricchezze: ma, benché il secolo XIX abbia in un certo senso segnato il tramonto delle grandi proprietà feudali, la negazione alfieriana resta tuttavia connessa all'astrattismo dei primi socialisti utopisti. Cosí è tutta casuale l'acutezza apparente della sua critica all'accumulamento dei beni di terra in pochissime persone, benché l'Ottocento sia stato per l'appunto il secolo della piccola proprietà; e non è dipendente da una precisa giustificazione tecnica o da una esperienza economica il fatto ch'egli non si preoccupi invece della disuguaglianza di ricchezze proveniente dall'industria, dal commercio e dalle arti: egli non poteva avere certo dinanzi agli occhi il quadro specifico dell'evoluzione della società borghese; ma in realtà pur movendo da Rousseau recava in sé i germi dell'assoluto attivismo del liberalismo moderno.

La negazione della milizia poi non può intendersi in alcun modo come anticipazione dell'ideologia pacifista. Invero l'ideale aristocratico e attivistico dell'Alfieri difficilmente gli avrebbe potuto concedere l'adesione a sogni democratici di pace universale: con la sua profezia egli porta l'annuncio di una lotta, non la rinuncia di un ripiegamento. Ogni affermazione di un imperioso dover essere, deve santificare ed esaltare almeno una guerra, che realizzi l'ideale impegnando tutta la personalità: e la milizia ne è strumento necessario. Cosí pensa l'Alfieri e, nonostante i dilettanteschi pregiudizi di ripugnanza alla disciplina militare che si trovano qua e là, nella Vita e nelle Satire, è ben conscio del processo di eroica disciplina e dedizione attraverso cui deve attuarsi la redenzione della libertà.

Ma la milizia nella tirannide non è milizia: «non potendosi dir patria là dove non ci è libertà e sicurezza, il portar l'armi dove non c'è patria riesce pur sempre il piú infame di tutti i mestieri: poiché altro non è se non vendere a vilissimo prezzo la propria volontà, e gli amici e i parenti e il proprio interesse e la vita e l'onore per una causa obbrobriosa ed ingiusta».

LA MORALE E LA METAFISICA DELLA LIBERTÀ

L'aspirazione dell'Alfieri, antitetica alla rinuncia del Gori: «dalla feccia nostra presente sorger puro ed illibato d'esempio» è una di quelle posizioni eroiche che riesce agevole demolire ai critici positivisti ed intellettualisti, usi a porre schemi e a trovar contraddizioni dove si tratterebbe di interpretare e valutare chiaroscuri di pensiero. È vero che la sua filosofia non liquida, con chiarezza di superatore, i problemi del passato; la sua arte può parere un astratto programma, la sua politica un'intransigenza intemperante. Al passato egli ha opposto immediatamente la sua spontaneità d'individuo, la sua originalità ingenua. Nei momenti piú tragici e incerti dello sviluppo storico, come «quando, in corsa ed alle svoltate una slitta minaccia di cader da una parte, ci vuol pure – cosí dice Prezzolini – qualcuno che si sacrifichi, che si sporga tutto fuori dalla parte opposta». Ma la storia nella sua coerenza lineare e nella sua razionalità di conservatrice deve essere ingiusta e quasi parer sconoscente verso queste aspirazioni che pur concorrono potentemente a crearla.

Chi volesse farsi un'idea approssimativa dell'importanza dell'etica alfieriana dovrebbe indagare in quali occasioni e quante volte egli sia parso ed abbia concretamente operato come «esempio» agli uomini d'azione e ai pensatori, e ai moralisti della nuova precettistica che venne in vigore nel Risorgimento e che non è ancor spenta: qui si troverebbe materia per un nuovo problema di critica storica ben degno di meditazione – Alfieri e la storia dei costumi e dei sentimenti.

Ma questo è soltanto un aspetto della morale alfieriana: per esso lo scrittore partecipa concretamente alla formazione spirituale del nuovo popolo, ma soltanto indirettamente alla creazione di una nuova civiltà europea. Sarebbe agevole organizzare in sistema questa nuova precettistica e casistica morale quando si tenesse ben presente che la sua origine e la sua unità consistono nella polemica contro il legalismo etico del Cristianesimo giudaico e contro l'utilitarismo teologico. Invece noi non crediamo né alla necessità né alla possibilità, teoreticamente valida, di una casistica morale anche se sappiamo esser dimostrabile la sua insopprimibilità nei limiti relativistici di una illusoria pretesa d'organicità. La casistica che l'Alfieri oppone alle consuetudini etiche del cattolicismo ha la sua validità (come la sua origine) nella psicologia e nella personalità sua. È chiaro dunque che se ne dovrà tener conto solo come di documento d'un intimo pensiero – libero e trascendentale perché legge filosofica di cui quei particolari sono soltanto un'esemplificazione difficilmente sottratta all'arbitrio.

Il centro vero del pensiero alfieriano, che gli dà diritto d'inserirsi nella storia europea del pensiero della libertà – con forza e giustizia ben superiore a quella che ne possano vantare i romantici del primo SturmundDrang – sta nel concetto di volontà. La scuola antropologica ha combattuto una delle sue piú sterili e vuote battaglie quando ha preteso di dimostrare l'inesistenza della volontà alfieriana. Positivisti, livellatori, rigidi democratici, vagheggiatori di dogmi materialmente grossolani e di fisica trasparenza – identificavano la volontà da essi cercata col fanatismo, colla pesantezza, con gli occhi bendati. In Alfieri non si trova questa volontà. Anche il Bertana, quando sostiene che la volontà dell'Alfieri non si traduce mai in azione, pensa alla massiccia coesione intollerante della «volontà» dei Gesuiti, validi amministratori ed esecutori senza incertezze, senza dissidî. L'intolleranza dell'Alfieri è invece essenzialmente comprensione. La sua volontà è il momento della luce volitiva che balza direttamente da una crisi della volontà perpetuamente riprodotta. Il segreto della sua azione sta nel suo pessimismo che non si può penetrare se non si intende il piccolo testo eroico a cui è affidata la descrizione della sua genesi: il Dialogo della Virtú Sconosciuta. Gori non agisce perché non ha fede, Alfieri «indomita, impetuosa indole» agisce perché non ha una fede. L'ideale non illumina dall'esterno, rimanendo in alto inafferrabile, ma sorge dall'azione, sta nella disperazione stessa con cui accettando l'ineluttabile coscientemente, rinunciando fermamente ad ogni illusione e ad ogni falsità, nata soltanto da debolezza e da egoismo, si ritrova il criterio austero della virtú e nel disinteresse della solitudine. Anche la fama è soltanto dolce e utile chimera in quanto possa essere cagione di bell'opera umana (pag. 202). Cosí questa volontà di disperazione e di negazione riconquista il suo momento positivo, diventa la base su cui si può costruire ancora, consci della tragedia che il moderno concetto di immanenza impone agli spiriti.

Nel Principe, chiarendo le premesse della Virtú Sconosciuta, l'Alfieri cosí definisce, contrapponendola all'impulso artificiale, l'assoluta individualità del volere che egli chiama impulso naturale: «è questo impulso un bollore di cuore e di mente, per cui non si trova pace, né loco, una sete insaziabile di ben fare e di gloria; un reputar sempre nulla il già fatto e tutto il da farsi, senza però mai dal proposto rimuoversi; una infiammata e risoluta voglia e necessità, o di esser primo fra gli ottimi, o di non esser nulla».

Per chi ha ben compreso il nostro ragionamento, non è possibile trovare in queste espressioni un individualismo anarchico o una mera morale nietzscheana: c'è invece implicita tutta l'attivistica morale moderna.

Non bisogna limitarci alla mera affermazione finale di questo volontarismo: bisogna vedere come esso sorga da un dialettico contrasto, commisurandosi a realistiche premesse etiche. Il principio volitivo è per lui l'affermazione dell'autorità che dà una forma e una coscienza al mondo della libertà. E la libertà è per l'Alfieri il coefficiente primo della personalità: non si è uomini se non si è liberi. Il concetto è indagato nel suo valore teoretico in quanto costituisce la condizione dello sviluppo delle facoltà intellettuali; nel suo valore etico come determinante di tutte le virtú o identico esso stesso con magnanimità, giustizia, purezza; come mito di azione perché scaturigine del pensiero della gloria. Nessuna rigidezza deterministica penetra in questo regno dell'assoluta autonomia: il solo elemento di determinismo è la decisione stessa, ma l'impulso che determina, ossia fa diventare atto la mera potenza è ancora libertà.

La libertà conquistata attraverso l'utilitarismo riformistico, cara agli enciclopedisti francesi, non ha senso alcuno per l'Alfieri come non ha senso una libertà politica che non si fondi sulla libertà interiore – intesa questa come forte sentire.

Nel concetto alfieriano insomma c'è una vera e propria affermazione di carattere metafisico.

La libera pratica delle virtú politiche è realizzatrice di libertà costituzionali e sociali in quanto nasce dall'attività operosa e indipendente dei cittadini. Condizione per essere cittadini, per essere liberi è la conoscenza dei proprî diritti: ma come per conoscenza si deve intendere, in linguaggio alfieriano, una vera e propria azione, cosí diritto non significa astratta capacità ma volontà ed esplicazione. Il fatto politico include sempre un fatto morale. «La libertà è la sola e vera esistenza di un popolo; poiché di tutte le cose grandi operate dagli uomini la ritroviamo esser fonte».

Questa idea è la metafisica, dell'Alfieri: il suo assoluto, il suo Dio. Di qui vedremo nascere la sua religione e la sua politica.

Di questa unità sistematica l'Alfieri ebbe coscienza e l'affermò quando diede forma concettuale alla sua dottrina della religione. Il credo alfieriano si rivolge a una religione e a un dio «che sotto gravissime pene presenti e future comandino agli uomini di esser liberi». «Comandino» è detto per metafora: non che ci sia chi deve comandare e chi sottostà: colla locuzione si indica l'universalità e la necessità di questa credenza che coincide con l'autonomia dei credenti e non contempla nulla di esterno: imporre agli uomini la libertà vorrebbe dire che la libertà è di tutti, è possibilità che basta esser uomini per realizzare. La religiosità alfieriana è il trionfo dei valori interiori. Le religioni costituite e dogmatiche separano tra autorità gerarchica e umiltà di popolo, tra impero e ubbidienza: alla loro base, piú profonda ancora di ogni esperienza mistica, sta un principio utilitario, un calcolo di cui le classi gerarchicamente piú elevate si servono. La religione della libertà esclude interessi e calcoli, esige, come efficacemente scrive l'Alfieri, fanatismo negli iniziatori, e negli iniziati entusiasmo di sincerità, in tutti quell'ardore completo per cui non c'è soluzione di continuità tra pensiero e azione. Ne risulta un'unità di apostolato che anticipa i caratteri dell'opera mazziniana. E un po' di mazzinianismo c'è anche nelle premesse teoretiche di questa religiosità; ma è un mazzinianismo senza elementi giansenistici né misticizzanti e gli resta superiore in quanto si esprime in un momento di precursore mentre in Mazzini teorico si avverte qualcosa di sorpassato. In Alfieri c'è, oscuramente, la concezione dialettica del liberalismo. Mazzini soggiace alle incoerenze del poderoso mito di azione che instaura.

Alfieri è un'anima religiosa e mentre propone la sua concezione libertaria sente intensa e profonda vicinanza spirituale con tutte le anime eroiche della religione. Il quinto capitolo dell'ultimo libro del Principe (Dei capisetta religiosi; e dei santi e dei martiri) non è in contraddizione con ciò che altrove l'Alfieri ha affermato in netta polemica contro le religioni positive; anzi dimostra quale senso squisito egli possegga dell'importanza spirituale della religione e del suo valore di sincerità creativa. Come tutti gli spiriti religiosi l'Alfieri ha sentito il fascino della figura di Cristo; e, mentre nella Tirannide esalta l'importanza della prima dottrina cristiana della civiltà, nel Principe si sforza di attribuire a Cristo il significato, che per lui trascende ogni altro, di creatore di politica libertà.

Indipendente da ogni forma di settarismo demagogico, l'Alfieri si assume la difesa dei creatori di religione contro i moderni che li svalutano. Codesti critici gli appaiono i soliti rappresentanti della solita «semifilosofia» che cela nello stile leggiadro superficialità intellettualistica e povertà etica. L'Alfieri distingue tra l'importanza pratica e l'importanza filosofica dei santi e capisetta: in altre parole, tra la forma della loro attività e l'empirico contenuto. Il suo giudizio è severo e limitativo quando li esamina da questo secondo punto di vista; quando invece li considera secondo il primo, frena a stento l'entusiasmo. E osserva che oggi di questi santi si ha scarsa stima solo «perché si giudicano dagli effetti che hanno prodotto, non dall'impulso che li movea, e dalla inaudita sublime tempera d'anima di cui doveano essere dotati; abbenché con minor utile politico per l'universale degli uomini l'adoprassero». La distinzione è filosofica, sottile, precisa. Nei moderni contro cui la critica è diretta si ravvisa esplicitamente Voltaire.

«I moderni scrittori invece d'innalzare e insegnare la sublimità pigliandola per tutto dove la trovano, col loro debole sentirla, e col piú debolmente lodarla, affatto la deprimono ed obliar ce la fanno. Ma poiché i piú leggiadri fra essi (fattisi intieramente padroni di un'arma tanto possente quanto è la ingegnosa derisione) hanno pure scelto di migliorare e illuminar l'uomo col farlo ridere, ecc., ecc.».

Dove accanto a una netta ripresa dei già notati motivi antiintellettualistici troviamo un notevole punto di riferimento per contestare i risultati dei cercatori di fonti enciclopedistiche e piú precisamente voltairiane.

E qui ancora si può finalmente chiarire la distinzione alfieriana tra cattolicismo e cristianesimo. Nel cattolicismo c'è un'organizzazione sistematica di principî, un organismo, costituito in gerarchia: allo sforzo di creazione è succeduto il momento dell'effettuazione pratica che si svolge attraverso transazioni, opportunismi, adattamenti: il sistema si presenta (per un fenomeno illusorio della praxis sociale su cui tuttavia s'imposta la legge stessa di esistenza della politica) definitivo; il principio necessario è una rigida disciplina. Alfieri, iniziatore di una grande civiltà, profeta, al tempo stesso, di una nazione e di un mondo, ha presente la necessità dello sforzo puro dello spirito, dello sviluppo ardimentoso di tutte le iniziative morali; gli è difficile intendere il fenomeno sociale nelle sue apparenze statiche, nei suoi momenti convenzionali; vede le cose mentre si creano, assiste all'affermarsi imperioso e integrale del suo mondo di libertà; per lui l'organizzazione si fonda sull'anarchia come responsabilità dei singoli; ossia l'anarchia non esclude l'organizzazione perché è figlia diretta di motivi liberali, aristocratici e volontaristici. Questi caratteri appunto si possono ritrovare nel cristianesimo che è l'antitesi del cattolicismo in quanto lo prepara; ed è la negazione del dogma perché crea il dogma.

Per noi che siamo fuori del cattolicismo e lo vediamo come un passato in certo senso concluso, il dogma e l'organismo rigido della Chiesa si dimostrano nella loro fecondità matura nettamente superiori all'entusiasmo ingenuo della prima parola cristiana: per l'Alfieri, che vive nel cattolicismo e lo deve superare, rivendicare l'originalità del momento cristiano è come un processo simbolico per affermare un nuovo momento creativo che si sostituisca alla stasi in cui l'antico ardore di originalità religiosa s'è esausto.

Ma il concetto alfieriano non ha soltanto questa importanza di relativismo pratico: ha valore teoretico in quanto coglie il significato della vita religiosa come fervore, come misticismo psicologico: questo infatti è il solo elemento irriducibile (formale) intorno a cui si possa organizzare una teoria della religione e dimostrarne l'universalità. (Il misticismo teoretico e metafisico è proprio solo di quelle religioni che pensano Dio come essere. Né la Riforma s'è liberata da questi residui: perciò il pensiero alfieriano, che prepara la nuova coscienza laica dello Stato italiano, le è nettamente superiore: chi parlerà di una necessità di Riforma in Italia dopo l'Alfieri coltiverà un'illusione e un anacronismo). Se il cattolicismo è squisitamente politico mentre il cristianesimo è la solitudine della teoria e del sentimento morale – il cristianesimo anticattolico dell'Alfieri è un'altra prova della nostra tesi che il suo pensiero sia piú filosofico che politico.

Di qui la simpatia con cui egli guarda agli eretici rappresentanti del pensiero religioso nella piú intensa espressione di libertà. Il concetto che l'eresia sia il vero momento creativo della religione (Loisy) è dunque coscientemente precorso dall'Alfieri. Nasce con lui il solo modernismo italiano valido.

La distinzione tra cristianesimo e cattolicismo trova un nuovo chiarimento nel diverso giudizio che vien dato degli uomini di religione secondo che siano stati espressione eroica di virtú (santi), o diventino strumenti della tirannide (preti). Ecco scultoriamente colta l'antitesi: «Costoro tutti – e si riferisce ai martiri – avendo avuto al loro operare lo stessissimo sovrano irresistibile impulso che debbono avere i veri letterati, alle stesse vicende di essi per vie e cagioni diverse soggiacquero. E mi spiego. Costoro finché furono lasciati fare da sé, puri, incalzanti e severi mostraronsi; perseguitati divennero piú luminosi, piú forti e maggiori direi di se stessi; protetti finalmente, accolti, vezzeggiati, arricchiti e saliti in potere, si intiepidirono nel ben fare, divennero meno amatori del vero, e pur anche sotto il sacrosanto velo di una religione ormai da essi scambiata e tradita, asseritori vivi si fecero di politiche e morali falsità» (Del Principe e delle Lettere, cap. cit.). Tradotti i termini alfieriani in termini nostri: identità di religione e di libertà, di religione e di letteratura: l'impulso interiore centro di ogni azione.

La religiosità dell'Alfiere, il suo rispetto per i creatori di religione non vela il suo pensiero quando concludendo deve porre una negazione assoluta poiché nel cristianesimo (e tanto piú nelle altre fedi) c'è latente il principio dogmatico di cui egli ha dato, come s'è visto, la piú formidabile critica nella polemica anticattolica.

La fede che l'Alfieri pensa di instaurare è l'antitesi di tutti i dogmatismi; bisogna che si differenzi dalle altre fedi, le neghi, le limiti. Accanto all'esaltazione del momento religioso dello spirito troviamo perciò un principio sereno e solido di critica delle religioni positive. «Il credere in Dio insomma non nocque a nessun popolo mai; giovò anzi a molti; agli individui di robusto animo non toglie nulla; ai deboli è sollievo ed appoggio» (Del Principe e delle Lettere, id.). La religione positiva e dogmatica è un'esigenza per gli spiriti deboli, è principio di sicurezza e di conforto offerto al loro isolamento e, quando non sia politicamente diseducativa e tirannica, quando non spenga gli sforzi individuali, ha una limitata verità nella misura in cui corrisponde a una situazione psicologica.

Cosí nuovamente e acutamente intende l'Alfieri il vecchio principio della religione per il popolo.

Ma per il popolo nuovo che egli vagheggia, per il popolo mosso a virtú da forti scrittori, per il popolo indipendente annunciato nel Principe (libro III, cap. X), principio formatore e direttivo deve essere la religione di libertà. Non piú conforto per i deboli ma sicurezza dei forti, non piú culto di un'attività trascendente, ma attività nostra, non piú fede ma responsabilità. È la religione di una coscienza piú ampia che si sostituisce a una religione rudimentale. Contro il dogma nasce l'autonomia. I termini dell'Alfieri sono cosí precisi che devono togliere ogni dubbio a chi ci ha seguiti sin qui.

«La ragione e il vero sono quei tali conquistatori che per vincere e conquistare durevolmente nessuna arme devono adoperare che le semplici parole. Perciò le religioni diverse e la cieca obbedienza si sono sempre insegnate coll'armi, ma la sana filosofia e i moderati governi coi libri» (Del Principe e delle Lettere, libro II, cap. X).

Il verbo sottinteso nella proposizione dove filosofia fa da soggetto insieme coi moderati governi non è insegnato: ché allora il concetto alfieriano si confonderebbe coi varî sogni di governi illuminati, né la moderazione invocata si può intendere alla stregua dell'ideale di Montesquieu. Nella religione alfieriana iniziativa popolare e azione di classe dirigente si organizzano e si fondono in un'espressione di civiltà integrale. Libri è detto per metafora e vale coscienza. L'originalità dell'Alfieri è nella sostituzione di filosofia a religione; nel pensiero di una filosofia come anima della stessa azione popolare; il popolo – come altrove dirà piú chiaramente – partecipa all'elaborazione della verità anche senza elaborare tecnicamente problemi teoretici; consacra con la sua azione le conquiste della cultura.

Questi concetti che riescono a una teoria dello Stato laico e religioso insieme, realtà politica di filosofica libertà, valido a lottare contro la Chiesa – diventeranno i motivi animatori del nucleo originale e sano del pensiero liberale italiano.

Nei luoghi citati è pure risolto indirettamente il problema di Dio. Il concetto di Dio come ideale che informa l'azione umana e ne dirige le aspirazioni, come unità determinante di valori è tutto risolto senza residui nel nuovo concetto di libertà. Del problema metafisico di Dio posto nei suoi statici termini di ontologia l'Alfieri non si cura di dare una soluzione dichiarata. Per lui il problema è evidentemente sorpassato, e se in sede teoretica preferisce una posizione di dubbio ad una affermazione di carattere costruttivo, in sede psicologica e pratica il Dioente personale è respinto in modo definitivo.

Non essendo riuscito a trasformare la posizione psicologica in posizione di universalità teoretica, l'Alfieri non ha conquistato con riflessione cosciente l'idea del Dio trascendentale che pure animava con immediatezza di pathos tutti i suoi sforzi speculativi. Ma attraverso il Risorgimento e dopo il Risorgimento la sua efficacia educatrice in sede metafisica deve sopratutto riconoscersi nella riduzione all'assurdo dell'ontologia da lui intrapresa.

LA POLITICA

Nel pensiero alfieriano si può trovare e spiegare un proposito politico, anzi addirittura una costruzione politica. Ma perché l'esegesi sia valida occorre tener presenti i limiti da cui sorge questo sviluppo del sistema e della praxis dell'Alfieri. Gli interpreti che al Nostro toccarono in sorte sin qui s'apprestarono al compito loro con illusioni di letterati mal nascoste tra formule giuridiche di costituzionalismo che in loro rimanevano estranee e di cui non avvertivano perciò i limiti, che i giuristi stessi già inizialmente vi stabiliscono. La sicurezza positivistica del Bertana, inquieto soltanto di impartire lezioni di scienza e di precisione tecnica al suo autore, e la sicurezza ancor piú dogmatica degli altri letterati entusiasti di enumerare pregi e di ritrovare intuizioni di enciclopedica genialità perché teneri della candida concezione che vuol trovare nel genio una rivelazione quantitativa di sottili scoperte – non potevano svelare con precisione un pensiero tutto fatto di chiaroscuri, di lampi improvvisi, di tempestosi fulgori.

Non è seria la pretesa di riferire e commisurare le intuizioni alfieriane ai problemi pratici contingenti. E occorre proprio ripetere che la politica non si riduce ai problemi costituzionali?

Poiché negli scritti politici non riuscivano a trovare il cercato costituzionalismo conservatore, vollero vedere le Commedie come un sistema legislativo; il testamento di Alfieri diventato conservatore. Invece le commedie alfieriane rappresentano un momento di scetticismo, uno scherzo dove coesistono le incertezze piú contradditorie e dove non è possibile ritrovare un criterio organico di chiarificazione interna. Alfieri non è legislatore e quando ci si prova lo fa per gioco e non riesce a dissimulare il suo estetico disinteresse.

In realtà gnoseologia, morale e religione lo conducono per una linea di coerenza inesorabile ad affrontare centralmente, unicamente, il problema dell'azione. Se tutto nel suo spirito è azione, se tutto si risolve e si sacrifica nella praxis, nell'impulso volitivo, la sua politica dovrà dare una forma sociale a questo impulso, dovrà essere la traduzione obiettiva della sua religione.

Perciò non programmi, ma leggi di praxis; non la preoccupazione del problemismo tecnico, ma la filosofia, la preparazione della pratica stessa. Ricorre spontaneamente un nome, un insegnamento, e l'Alfieri si affretta a notarlo: Machiavelli. Del resto la tecnica della praxis non si predice, non si teorizza sui libri, ma si deve commisurare all'esigenza di ogni istante per opera di uomini educati a realistica finezza e comprensione. Tutto il capitolo ottavo del libro secondo Della Tirannide è pervaso da questa netta coscienza di relativismo politico. L'Alfieri si rifiuta di precisare maggiormente il suo programma pratico perché, secondo lui, la sua esperienza storica può indicare soltanto degli indirizzi e delle intenzioni, ma «quegli ordini che convengono ad uno Stato disconvengono spessissimo all'altro», «quelli che bene si adattano al principiare di uno Stato novello, non operano poi abbastanza nel progredire e alle volte anzi nuocciono nel continuare» e «il cangiarli a seconda col cangiarsi degli uomini, dei costumi e dei tempi ella è cosa altrettanto necessaria quanto impossibile a prevedersi e difficilissima ad eseguirsi in tempo». L'insegnamento dei Discorsi sopra la Prima Deca è qui ripreso con vigore e torna una potente figura realistica dell'Uomo di Stato.

Ma dello Stato l'Alfieri non poté mai dare un concetto valido e chiaro, non perché il suo pensiero non ne accettasse l'esigenza, ma perché sempre doveva apparirgli come un risultato cui egli s'era professato già inizialmente incompetente. Tuttavia l'idea dello Stato, anche taciuta, pervade i suoi proposti e il suo pensiero come idea definita di un organismo che dà una libera disciplina ai suoi liberi cittadini fondandosi appunto sull'antitesi ideale dell'organismo chiesastico (vedansi gli accenni alla sua ideale Repubblica — mai come in Alfieri la parola ebbe il suo senso etimologico romano — nel secondo libro, capitolo ottavo *Della Tirannide*).

Il problema centrale era di crearlo, questo Stato, e non ci si poteva baloccare con formule tecniche o con piani fantasiosi: bisognava suscitare delle forze, opporre delle virtú alla tirannide; elaborare idee che diventassero forze.

Con duro travaglio l'Alfieri riesce a superare il suo istinto letterario e a vedere il realismo necessario della nuova posizione. Inizialmente opponeva al tiranno il suicidio o il tirannicidio attraverso la congiura. Sono i due modi dominanti nel sentimento dei suoi personaggi tragici: diventano l'esaltazione di una coerenza rigida e lineare sino al dissolvimento di se medesima. Anche la congiura è eroica solo in quanto è un suicidio dettato dalla disperazione attraverso il quale il protagonista libera la sua libertà in una incontaminata catastrofe (*Della Tirannide*, libro II, cap. V).

In realtà «benché la piú verace gloria, cioè quella di farsi utile con alte imprese alla patria e ai concittadini non possa aver luogo in chi, nato nella tirannide, è inoperoso per forza civile; nessuno tuttavia può contendere, a chi n'avesse il nobile e ardente desiderio, la gloria di morire da libero, abbenché pur nato servo. Questa gloria, quantunque ella paia inutile ad altri, riesce nondimeno utilissima sempre, per mezzo del sublime esempio».

Ma a rovesciare la tirannide. occorre che questa virtú di pochi si faccia spirito animatore di tutti: occorre che tutti sentano la tirannide.

Le forze su cui bisogna edificare sono la Nazione, il Popolo, la Classe politica. Il Bertana s'è affannato con molto impegno a dimostrare che l'idea di patria, di Italia era diffusa e dominante anche prima dell'Alfieri per due secoli almeno. Ciò è pacifico. Bisogna vedere come nell'Alfieri questa idea sia diventata una forza.

L'Alfieri pensa il popolo eternamente rinnovato da un'operosa lotta interiore, da dialettiche dissensioni (*Della Tirannide*, libro I, cap. VII), un popolo aristocratico, forte «e una volta per tutte mi spiego, ché io nel dir popolo non intendo mai altro che quella massa di cittadini e contadini piú o meno agiati, che posseggono propri lor fondi o arte; e che hanno moglie e figli e parenti, non mai quella piú numerosa forse, ma tanto meno apprezzabile classe di nullatenenti della infima plebe. Costoro essendo avvezzi di vivere alla giornata; e ogni qualunque Governo essendo loro indifferente poiché non hanno che perdere; ed essendo massimamente nelle città corrottissimi e scostumati, ecc.». Non altrimenti pensava Carlo Marx il suo popolo rivoluzionario.

Il popolo ha la sua volontà e la sua forma nella classe politica che esso stesso esprime. Il vizio della tirannide «interamente risiede in quei pochi che il popolo ingannano». Anche la libertà deve avere la sua classe politica, strumento e guida alla volontà popolare; e questa appunto non si potrà creare con un'opera di propaganda, ma solo attraverso le forze storiche oscure creatrici di obiettive realtà. Quasi divinando il processo marxistico di arrovesciamento della praxis, l'Alfieri nota che una volontà di redenzione liberale sorgerà nel popolo per opera stessa delle intollerabili condizioni che la tirannide avrà determinato. S'incontreranno nella loro pura intransigenza due principî, due azioni. La lotta contro la tirannide sarà redentrice perché avrà rinunciato per la sua coerenza ad ogni disgregazione individualistica e ad ogni utilitarismo. La moltitudine «non istigata, non prezzolata, ma per naturale sublime impeto, dalle ricevute ingiurie commossa a sdegno e furore, agisce all'improvviso con entusiasmo, energia e schietto coraggio» (*Misogallo*, prosa 2a: *Avvenimenti*). Contro le formule galliche «libertà, uguaglianza, fratellanza» l'Alfieri vede le cose realisticamente nella loro dinamica lotta.

Cosí il popolo diventerà nazione. «Nel dir nazione intendo una moltitudine di uomini per ragione di clima, di luogo, di costumi e di lingua fra loro non diversi; ma non mai due Borghetti o Cittaduzze di una stessa Provincia, che per essere gli uni pertinenza ex gr. di Genova, gli altri di Piemonte, stoltamente adastiandosi, fanno coi loro piccoli, inutili ed impolitici sforzi, ridere e trionfare gli elefanteschi lor comuni oppressori». Insomma il criterio di nazione va riportato ai suoi fattori storici. Attraverso lo stesso processo dialettico che crea una volontà nel popolo, anche la nazione diventa un fattore insopprimibile di sviluppo e di spiritualità. «Gli odî di una nazione contro l'altra essendo stati pur sempre né altro potendo essere che il necessario frutto dei danni vicendevolmente ricevuti o temuti, non possono perciò esser mai né ingiusti né vili. Parte anzi preziosissima del paterno retaggio, questi odî soltanto hanno operato quei veri prodigi politici che nelle storie poi tanto si ammirano» (Misogallo, prosa 1a).

Il bisogno di superare le intemperanze anarchiche che erano state necessarie nella polemica contro la tirannide conduce qui l'Alfieri ad una professione che può parere di nazionalismo. In realtà l'Alfieri parla di nazione pensando a un elemento di dinamica e di sforzo operoso, ma il suo concetto è molto vicino alla teoria dello StatoPotenza.

Per l'esigenza insopprimibile che egli sente di svegliare virtú e di imporre una direzione all'«implacabile sdegno contro l'oppressore» si indugerà anche, nell'Esercitazione a liberar l'Italia dai barbari, ad affrontare in termini di pratica contingenza la determinazione di un disegno particolare capace di realizzare l'unità d'Italia «che – come dice nel Misogallo, prosa prima – la Natura ha sí ben comandata, dividendola con limiti pur tanto certi dal rimanente d'Europa». È noto come egli tentasse di precisare l'effettuazione del sogno secondo un processo che resta genialmente realistico anche se non trovò indulgenza nel Bertana e negli altri critici. Era affermato dall'Alfieri con potenza ben nuova il concetto, che si stava ormai maturando nell'aria ma che solo nel 1849 fu realisticamente ripreso, della fine necessaria del dominio pontificio. L'Italia «divisa in molti Principati e debolissimi tutti, avendone uno nel suo bel centro che sta per finire, e che occupa la miglior parte di essa, non potrà certamente andare a lungo senza riunirsi almeno sotto due soli Principi che, o per matrimoni dappoi, o per conquista, si ridurranno in uno». Questa è la prima rivoluzione: ed io non saprei vedere di quale astrattismo qui vi sia peccato. Questo è piú o meno schematicamente il processo di cui Vittorio Emanuele II è stato protagonista dal 1848 al '70: e forse l'Alfieri avrebbe voluto soltanto maggior coerenza nell'assumere una posizione ideale di fronte al Papato. Cosí si sarebbero realizzate le condizioni materiali e quasi i presupposti obbiettivi perché si suscitasse l'iniziativa popolare la quale nell'Alfieri doveva concludere necessariamente a darsi ordine di repubblica. E qui egli attingeva ancora dalla Storia un'altra osservazione di opportunità: «L'Italia ha sempre racchiuso in se stessa (piú per non scordarsene affatto il nome che per goderne i vantaggi) alcune Repubbliche, le quali benché affatto lontane da ogni libertà, avranno però sempre insegnato agli Italiani che esistere pur si può senza Re, cosa di cui la colta ma troppo guasta Francia non ardirà forse mai persuadersi». Ma l'iniziativa non si sveglierà senza i «bollenti animi, che spinti da un impulso naturale, la gloria» cercano «nelle altissime imprese» e senza la «giusta e nobile ira dei drittamente rinferociti e illuminati popoli». È insomma la rivoluzione di Mazzini, anzi il mito centrale di azione che ha ispirato tutti i piú profondi tentativi politici in Italia dopo il Settecento.

Questa è la vera profezia dell'Alfieri, il suo pensiero riconquistato nella praxis. Anticipando la Rivoluzione francese egli assegnava all'Italia, lucidamente e originalmente, la funzione che nel nuovo ciclo della Storia europea ebbe la Francia rivoluzionaria. Solo in queste premesse si può trovare una giustificazione degna e profonda dell'atteggiamento suo di fronte alla Rivoluzione francese.

Infantilmente parlarono gli esegeti dove, smaniosi di sorprendere un'effusione o uno slancio alfieriano magari volutamente esagerato, teorizzarono un Alfieri irritato sino alle bizze o al capriccio, attribuendovi cagioni del tutto sentimentali e talvolta addirittura una bassa origine di calcolato utile o di lesi interessi. Il processo della scuola positivista ebbe addirittura le forme e lo spirito di un tentativo, non esente da malizia e ingenerosità, di sorprendere la buona fede e la franchezza dello scrittore della Vita. La dimostrazione di ciò va rimandata in sede di biografia. Ma non era possibile neanche qui rinunciare a porre il criterio secondo cui noi crediamo che la famosa storia dell'usurpazione di libri e carte dell'Alfieri debba ridursi a un fenomeno d'illusione simbolica degli interpreti, favorita da un'incertezza del Nostro.

In realtà nella negazione che l'Alfieri ha opposto alla Rivoluzione francese c'è una tragedia personale, ma vi è impegnato tutto il suo spirito; si tratta della sostanza stessa del suo pensiero e della sua azione. Con la meravigliosa lucidità e la perspicacia del creatore che vede, sgomento, la sua creazione stessa in pericolo, egli intuí che nei moti rivoluzionari d'oltralpe si rivelava e si affermava obbiettivamente con chiarezza e ampiezza europea l'immaturità dell'Italia alla divinata funzione storica. Incapace di dominare e di precorrere lo sviluppo mondiale, l'Italia si trovava condannata anche come nazione a non poter trovare la sua armonia interna e la peculiarità della sua iniziativa rivoluzionaria: anche la sua unità sarebbe nata da un artificio, da un'imitazione. Di qui l'intransigenza fiera, l'incomprensione voluta. La storia gli diede ragione anche qui.

Se la conquista napoleonica dell'Italia ebbe un valore d'impulso nell'aspirazione all'unità, essa non fece poi all'ora della soluzione che aumentare l'equivoco e un Risorgimento italiano, anche in proporzioni ridotte, si ebbe solo da una reazione al sensismo e all'Enciclopedia che riaffermò una tradizione specifica e una originalità nazionale.

L'Alfieri combatteva con tanta ferocia perché combatteva contro se stesso, contro le idee che, essendo il suo sangue stesso, gli rinascevano dinanzi diventate insuperabile ostacolo per lui. L'antitesi poteva perciò sembrare un'antitesi personale, sentimentale: era solo piú l'opposizione di due volontà, e le imprecisioni ideali o teoriche dipendevano dall'immediatezza del contrasto. Ma non perciò si dovrà ritenere valida l'interpretazione reazionaria e conservatrice in cui hanno voluto costringere i suoi scatti sino a costruirne un sistema di liberalismo pacifico, nemico di ogni violenza, costituzionale – che è in realtà il sistema della sua antitesi obbiettiva. Egli non si cullò mai in sogni di pacifismo e di idillio sociale. Non lo spaventò la violenza se ad essa avesse dovuto sboccare la realizzazione delle sue idee. La previde. Identificò addirittura iniziativa e originalità con violenza e intolleranza. «E giunge avventuratamente pure quel giorno in cui un popolo, già oppresso e avvilito, fattosi libero, felice e potente, benedice poi quelle stragi, quelle violenze e quel sangue, per cui da molte obbrobriose generazioni di servi e corrotti individui se n'è venuta a procrear finalmente una illustre ed egregia di liberi e virtuosi uomini».

Nel suo realismo egli provò uno schianto alla vista della sua profezia realizzata da estranei; non ebbe piú la forza di una nuova riaffermazione eroica e precisa che lo avrebbe ridotto a un isolamento ideale sublime ma insostenibile, e si ripiegò nella solitudine individuale. Il compito da realizzare non si poneva piú a un individuo ma a tutte le nuove generazioni.

LE TRAGEDIE COME FONTE DEL PENSIERO POLITICO ALFIERIANO

La nostra indagine non poteva non prescindere dall'esame delle tragedie alfieriane. E questo non perché noi crediamo ad una rigorosa distinzione di arte e pensiero, di intuizione e di teoria, quale è dogmaticamente applicata dagli ultimi fanatici di quella prima estetica crociana, apparentemente fatta apposta per gli storditi dell'estetismo dilettantesco, che il Croce stesso ha ormai superato definitivamente e a cui attribuisce soltanto il valore di un necessario momento polemico. Ma nelle tragedie di Alfieri, in particolare, noi non possiamo ritrovare un momento di effusione lirica né sorprendere una confessione o un principio di teoria. Le tragedie piú lunghe superano di poco i 1500 versi: il dialogo è sempre travolgente, il soliloquio, in un momento di ansietà intensa, fissa un proposito o un esame di coscienza ma essenzialmente adattati al fatto che si sta per compiere, all'incalzare dell'avvenimento tragico.

In questo senso manca all'Alferi la riflessione: o, per essere piú precisi, c'è quella riflessione che è connaturata coll'azione stessa e non la si può astrarre perché è essa stessa sforzo operoso. Percorre la tragedia alfieriana un senso tormentoso della concretezza creante della praxis; ma il poeta lo contempla e domina in una sovrana impersonalità di serena realizzazione nella quale poi consiste di fatto la sua vera individualità che è individualità insostituibile e singolare appunto in quanto è uno spasimo realistico verso il divino, presente. Fissare intellettualisticamente con precisione di esegesi qual sia l'atteggiamento pratico dell'autore di fronte ai suoi fantasmi non sarebbe né saggio né fecondo: qui vive l'obbiettività stessa del mondo alfieriano e vi si deve cercare non l'autobiografia psicologica ma, se cosí si può dire, un'autobiografia cosmica. L'analisi dell'interprete deve mirare a stabilire l'unità e la coerenza di questa travolgente fantasia la quale per la sua natura stessa è fuori della storia empirica, in un ciclo ideale di eroicità.

Fermate questi eroi, portateli nel mondo quotidiano, interrogateli, fateli confessare: e concluderete col Bertana che sono astratti, che il loro pensiero, i loro propositi non sono politicamente realistici. Ma voi avrete ucciso questi fantasmi sovrani riconducendoli a uno schema che per essi è menzogna. Rinunciate invece a questo ultimo residuo veristico che v'induce, ragionando con le creature della poesia (le quali non hanno sesso né passioni né interessi perché sono armonie e concretezze della irrealtà), a portarle nella vita quotidiana e a censurarle o lodarle quasi fossero uomini: riportatele invece al centro e allo spirito che le ha determinate, ubbidendo solo alla sua realtà e spontaneità che è anche la sua assolutezza. Allora le tragedie alfieriane saranno una conferma a posteriori dei principî che noi abbiamo determinato prima nella loro genesi concettuale e il mondo che in esse si agita non sarà che la praxis dell'affermato ideale. Giunti a questo risultato, se il critico pur volesse ad ogni costo cimentarsi in un'opera di astrazione, avrebbe dei modelli di azione, degli esempi di fantasia eroica in quelli che pur s'ostina a chiamar personaggi. Ma tale azione indicherà – come indicava la filosofia alfieriana nei suoi motivi piú originali – la genesi della volontà, la lotta interna, non un ipotetico fine o una determinata linea di azione contingente. Questo processo critico è il solo che possa dare risultati estetici alle premesse politiche. Perseguendoli nel loro valore autonomo avremo la vera unità, riusciremo a conclusioni perfettamente corrispondenti. Valgano come modello di analisi queste considerazioni sul Saul.

La critica non è riuscita a dar ragione del capolavoro dell'Alfieri finché è rimasta alle formule patriottiche o romantiche e vi ha cercato la tragedia dell'odio politico o la tragedia della follia. Invero se l'Alfieri è il poeta dell'intuizione violenta, come approssimativamente lo definisce il Momigliano, o meglio, il profeta del superuomo, l'artista dell'eroico furore, come appare al Croce, gli elementi politici e i romantici impulsi di cieca spontaneità creativa non saranno il contenuto di una tragedia, ma lo spirito e la forma del suo stesso sforzo espressivo e parrà ingenuo ed arbitrario ad ognuno astrarli quali generici motivi di pensiero dalla vivente sintesi estetica.

Meglio s'avvicinava al vero il Sismondi che cercava nel Saul la fatalità non del destino, ma della natura umana e vedeva nel re morente la vittima dei suoi rimorsi (non dei suoi delitti) «aumentati dallo spavento che un'immaginazione nera ha gettato nella sua anima». E indipendentemente dal Sismondi, il Gioberti, con questo giudizio: «Egli è riuscito a dipingerci un tiranno, che sente ripiombare su di se stesso la propria tirannide, che n'è il primo schiavo».

Invero anche qui nonostante l'opposto giudizio comune che svaluta le autodisamine alfieriane – il segreto della tragedia e del protagonista erano stati colti già dall'Alfieri quando indicava come stato d'animo centrale la «perplessità». Segreto del Saul e di tutta la vita alfieriana, se lo si mette in rapporto con l'altro elemento positivo del suo romanticismo: l'eroicità – che ne sorge come forma pura dell'agire e sbocca inesorabilmente, in un processo lineare di solitudine e di coscienza, alla dissoluzione di se medesimo e al crollo di ogni umana debolezza, immolata al mito dell'assoluta libertà interiore, lineare e, per cosí dire, istintiva sino alla cecità.

Se questa è la tragica sostanza spirituale del suo ardore disperato, nessun dubbio che il Saul sia «la piú densa e la piú ricca espressione di quel mondo eroico e tempestoso che gli bolliva nell'anima, di quella spiritualità gigantesca che fu la sua mira costante e che, sparsa in tutti i suoi volumi, trova la sua rappresentazione in parte riflessa in parte diretta nell'autobiografia, e si delinea qua e là anche nelle tragedie minori, in figurazioni fugaci che si ergono solitarie, come creature di un mondo superiore, in mezzo a un paesaggio freddo e scoglioso». Tuttavia l'aver visto l'unità del mondo alfieriano solo nella creazione dei caratteri induce a un errore di staticità e giustifica illusoriamente l'accusa di monotonia e di calcolo, mossa dalla recente critica estetica. L'individualità alfieriana è un'aspirazione ideale fortissima, non un risultato inconcusso; la sua precisa volontà, l'impulso cieco all'azione sono un atto iniziale di coscienza che si dispiega e s'invera poi in una lotta, in un organismo di torbida complessità e di viventi contraddizioni. La sua «anarchia» si nega politicamente e artisticamente in un senso vivo del creare, e in un'esaltazione dell'organica spontaneità della storia. Egli non vive di sole affermazioni, non si tempra solo nell'autocritica del soliloquio: ma della solitudine dà una drammatica espressione; e il tormento ideale rende oggettivo in un contrasto ove le volontà cozzanti trovano la loro catarsi nell'annullamento.

Saul non è il dramma della pazzia, perché non è il dramma dell'autocritica: la perplessità del re è la misura che mette in rapporto il suo chiuso eroismo con la solitudine incompresa del mondo che vive con lui – non diventa dubbio, non genera altra azione che la cosciente rinuncia scelta come sola espressione perfetta della propria coerenza. In questo senso Saul è la tragedia della volontà, che nella solitudine si afferma come dominio, e resta incompresa ed estranea mentre si estrinseca – serenamente vista dal poeta con storica passione – ma incapace di suscitare consensi e di temprarsi in una conciliazione – impenetrabile di fronte ad altre solitudini impenetrabili, perciò vittima di se stessa e tragica perché coerente.

La religiosità di questa umana dissoluzione è nel cozzo degli individui, sacri nella loro chiusa liricità, indomiti nel loro disfrenato uscire da se stessi.

La tragedia esiste a patto che tutti ne siano protagonisti, invasi da quel divino che Achimelech sente in sé, e da cui son fatti «fulmine, turbo, tempesta». Uguali, non si comprendono. Anche amandosi restano estranei. Nel mondo alfieriano non c'è posto che per gli eroi; appena individuati, essi restano soli in mezzo a una folla volgare, evanescente e non espressa. Il problema della comunicazione tra questi giganti è il problema della tragedia alfieriana. Fissi alla coscienza di sé restano indecisi tra lo schema e l'azione. Parve calcolo ai critici quello che è lo spirito alfieriano: l'iniziale aridezza della rigida volontà degli attori, inesorabile sino a dominare e sconvolgere la serenità della fantasia realizzatrice. Di qui l'ineguale validità espressiva del teatro alfieriano, in cui trionfa la lirica nei momenti di sviluppo lineare, ma domina la pausa dell'incomprensione quando i personaggi dovrebbero agire. Saul è il capolavoro, solo perché in questo gran quadro della fantasia alfieriana s'oppone chiaramente volontà a volontà, passione inesorabile a chiusa passione: e alla lotta presiede un criterio di armonia e di identità volitiva. Micol, Abner, Achimelech, David, Gionata sono figli di una stessa disperazione che li conduce a dissolversi volontariamente e a rappresentare nella catarsi della loro rinuncia quasi le fasi e gli elementi dell'agitata coscienza di Saul. Tutti restano fedeli al loro fato, temprati d'uno stesso fuoco che s'alimenta della febbre di voler essere divinamente se stessi. Il nuovo criterio dell'eroico alfieriano non è piú nell'aspirazione, ma nel chiuso spasimo della coerenza. Saul a tutti sovrasta e dà la misura della legge tragica per l'intenso fervore della sua volontà, per la serenità che domina nella sua disgregazione, per la perfetta sovrumanità con cui resta fedele a se stesso anche quando nel suo spirito la lotta s'è oggettivata e lo consuma dominando secondo la legge fatale dei cozzanti impulsi inesorabili; la sua pazzia è composta, impassibile perché è insieme disgregazione e consacrazione; è il dissolversi dell'individuo nella sua realtà cosmica. La tragicità alfieriana conquista la sua legge e la sua misura in questa realizzazione mitica di una sovrana solitudine.

FINE